FROSTBURN –

FrostBurn
VICINO AL CUORE

Mary Durante

MARY DURANTE

Indice generale

Credits 5
Nota dell'autrice 9
Prologo 13
Parte Prima – Passato 21
Capitolo 1 23
Capitolo 2 35
Capitolo 3 43
Capitolo 4 51
Capitolo 5 61
Capitolo 6 67
Capitolo 7 73
Capitolo 8 81
Parte Seconda – Presente 95
Capitolo 9 97
Capitolo 10 107
Capitolo 11 115
Capitolo 12 125
Capitolo 13 137
Capitolo 14 147
Capitolo 15 163

Capitolo 16 173
Capitolo 17 179
Capitolo 18 181
Capitolo 19 189
Capitolo 20 193
Capitolo 21 203
Capitolo 22 207
Capitolo 23 211
Capitolo 24 217
Capitolo 25 223
Capitolo 26 233
Capitolo 27 237
Capitolo 28 241
Capitolo 29 255
Capitolo 30 269
Epilogo 279
Altri standalone: 283
Ringraziamenti 289
Biografia 293

Credits

Titolo: FrostBurn – Vicino al cuore
© 2022 Mary Durante
A cura di Sara Fen Ferrandi e Laura Nunziati
Illustrazioni a cura di Ambra Cronos.

Progetto grafico a cura di Angelice Graphics
Immagini:
Immagini su licenza Depositphotos.com

Fotografo: SergeyNivens
Cod. immagine: 40684983
Fotografo: SergeyNivens
Cod. immagine: 40684833

Questa è un'opera di fantasia. Nomi, personaggi, luoghi e avvenimenti sono frutto dell'immaginazione dell'Autrice o sono usati in modo fittizio e ogni somiglianza con persone reali, vive o morte, imprese commerciali, eventi o località è da considerarsi puramente casuale.
Nessuna parte di questo libro può essere riprodotta, riscritta, commercializzata o trasmessa in qualsiasi forma o con qualsiasi mezzo senza espressa autorizzazione da parte dell'Autrice, eccetto laddove permesso dalla legge.

MARY DURANTE

Tutti i diritti riservati.

Prima edizione: Maggio 2022

Contatti:
https://www.facebook.com/MaryDuranteAutrice/

*A chi ha bisogno di perdonarsi.
A Vale, Raizel e Laura.
A Kaeya e a Tsun Tsun.*

MARY DURANTE

Nota dell'autrice

Questa storia la devo a un periodo piuttosto difficile della mia vita. Convalescente da un'operazione, quando l'umore era sotto i tacchi e le energie erano ai minimi storici, l'unica cosa che potevo fare era leggere o scrivere. E alla fine ho soprattutto scritto, solo non quello che era in programma.
Tutto d'un tratto, infatti, mi sono trovata a lasciare a metà la stesura su cui stavo lavorando per delineare questa trama. La storia di Lucien e Kairan mi è entrata dentro come un vortice e non mi ha più abbandonato, in un'ondata di ispirazione improvvisa che mancava da tantissimo tempo. Scriverla è stata un'ossessione, ma una di quelle catartiche. Un bisogno che nasceva da dentro e a cui non potevo evitare di dare ascolto.
Da amante del trope "da nemici ad amanti", o "enemies to lovers", e dopo che con *Il mio splendido migliore amico* mi sono resa conto che non mi dispiaceva affatto cimentarmi anche nel "da amici ad amanti", o "friends to lovers", con *FrostBurn* ho voluto rincarare la dose (e complicarmi ancora di più la vita): da amici a nemici ad amanti. Lucien e Kairan mi hanno fatto disperare, ma sono stati anche il motivo per cui sono riuscita a non abbattermi troppo durante la convalescenza e, invece di piangermi addosso e abbandonarmi all'apatia, ho potuto continuare a fare una delle cose che più amo in assoluto: scrivere.

Spero che il risultato di quelle folli notti trascorse a scrivere su di loro sia di vostro gradimento.

<u>Qualche accenno sull'ambientazione:</u> le vicende di *FrostBurn* si svolgono su Teyan, un continente-isola circondato dal Mare Eterno. Il territorio è diviso tra la zona civilizzata, che rappresenta la maggior parte del continente, e lo *slum*, un'area povera, corrispondente ai bassifondi, che pur essendo parte del regno gode di una discreta autonomia ed è divisa tra vari clan. Mentre la prima zona comprende la Città Elevata, sede di mercanti e nobili, i villaggi e le piccole città circostanti, ed è sotto il diretto controllo del Reggente e del suo esercito, nello *slum* non ci sono leggi, salvo quella del più forte, ed è il luogo dove prospera la criminalità. È anche il luogo in cui Lucien e Kairan incroceranno le loro strade e intrecceranno per sempre le loro vite.

*Odi et amo. Quare id faciam, fortasse requiris.
Nescio, sed fieri sentio et excrucior.*

*Odio e amo. Forse chiederai come sia possibile;
non so, ma è proprio così e mi tormento.*

(Catullo, traduzione di Salvatore Quasimodo)

MARY DURANTE

Prologo

«Dovresti ucciderlo.»

Kairan rimase con le orecchie tese per cogliere la risposta, mentre teneva d'occhio le due sagome scure tra gli alberi. Quella un po' curva e infagottata di Lyman e quella più imponente di Zarek. Se quel codardo doppiogiochista e il loro capo si erano incontrati in piena notte solo per discutere della sua morte, se ne sentiva quasi lusingato.

«E rinunciare al nostro Portatore più forte?» commentò Zarek, una sferzata nel silenzio.

Quel dettaglio almeno lo ricordavano.

«È fuori controllo. Quanto ci vorrà perché si rivolti contro di te?»

«Finora sta facendo ciò che deve.»

Lyman sputò al suolo.

«Io lo ucciderei prima di scoprire quando smetterà di stare al guinzaglio.»

Stare al guinzaglio? Kairan abbandonò la copertura dell'albero per raggiungerlo in perfetto silenzio e gli premette un pugnale sul fianco. «O magari prima qualcuno ucciderà te.»

Con un urlo stridulo, Lyman cercò subito di scappare via, ma lui fu rapido a bloccarlo con un braccio attorno al corpo.

«Zarek,» implorò allora quel vigliacco. Era diventato un blocco di pietra contro di lui. Pietra che tremava e che forse presto si sarebbe ridotta in lacrime, se solo Kairan avesse scelto di spingersi un po' oltre.

«Perché non continui a tentare di convincerlo?» mormorò con un sorriso, mentre studiava Zarek a neanche due passi da loro. Non si era perso il sussulto con cui aveva reagito al suo arrivo, per quanto appena percettibile. «Sembravi così deciso, un attimo fa.»

«Basta così,» sibilò il capo, con gli occhi ridotti a fessure. Non doveva essergli affatto piaciuto venire preso alla sprovvista.

Kairan rimase a sfidarne lo sguardo per lunghi secondi. Sulla quarantina, la testa rasata, un accenno di barba e i lineamenti severi di chi era abituato ad avere il comando e a lottare per mantenerlo. Perfino nella notte poteva scorgere ogni particolare di quell'espressione dura, la stessa che si era marchiata a fuoco nella sua retina interi anni prima.

Senza smettere di fissarlo, spostò la mano libera sulla gola di Lyman e accostò le labbra al suo orecchio.

«La prossima volta sforzati di nasconderti meglio, quando cerchi di pianificare la mia morte.» Aumentò la pressione del pugnale fino a superare gli strati di tessuto e posare un bacio di metallo sulla sua pelle, fino a mostrargli quanto poco gli ci sarebbe voluto per affondarlo nella sua carne per tutti e quindici i centimetri, prima di ritrarsi.

Subito Lyman incespicò in avanti, non ancora saldo sulle gambe mentre cercava di allontanarsi da lui il più rapidamente possibile. Si girò solo una volta raggiunta la falsa sicurezza degli alberi accanto a Zarek. «Hai visto? Incontrollabile, ecco cos'è.»

Il capo non lo degnò di alcuna attenzione.

«Sei pronto?» chiese invece a Kairan.

«Sempre.»

«Allora vai. Sai qual è la tua missione.»

Lo sapeva, e sapeva anche che, una volta tornato da vincitore, tutto sarebbe cambiato.

***

L'uomo di guardia alla scuderia si accorse di lui solo per lo scalpitare dei cavalli.

«Già in partenza?»

Kairan annuì mentre prendeva le redini della sua purosangue. Roan emise un basso nitrito di benvenuto, ansiosa di cominciare quella passeggiata notturna. La guardia, un viso barbuto che non ricordava di aver visto al suo arrivo il giorno prima, sollevò la lancia.

«Cerca di non farti uccidere. Che i Nove ti guidino,» gli disse, compiendo un cerchio a mezz'aria con due dita.

Kairan gli abbassò la mano prima che terminasse il gesto rituale, con una risata che lottava per uscirgli dalle labbra.

«Confido più nei miei pugnali che nell'aiuto divino.»

Poteva essere un uomo sui quarant'anni, ma era pronto a scommettere che fosse appena entrato nei loro ranghi. Nessuno che lo conoscesse da più di qualche mese si sarebbe mai permesso un simile augurio. Nessuno si sarebbe mai permesso di rivolgergli la parola quando non era strettamente necessario.

Mentre i pochi uomini che gli avrebbero fatto da

scorta prendevano posto sulle loro cavalcature, volse lo sguardo a est, nella notte.

Lì, a duecento chilometri di distanza, c'era il Forte Dorato, il palazzo in mezzo al lago in cui il Reggente dava i suoi ricevimenti estivi. Quello sarebbe stato il capolavoro tra le sue missioni.

***

Non ebbe alcuna difficoltà a entrare a palazzo.

I suoi documenti erano quanto di più simile al vero avrebbe mai potuto esserci. Sir Arudian da Lovenstadt, duca delle terre dell'Ovest e piccolo vassallo di Sua Eminenza il Reggente del continente di Teyan. Un duca di Lovenstadt esisteva davvero, solo che uno sfortunato incidente gli aveva impedito di arrivare a palazzo. Quello, però, la gente lo avrebbe scoperto solo nei giorni successivi, dopo che la sua missione si fosse compiuta e che la festa si fosse conclusa con la morte dello stesso padrone di casa.

Congedò la dozzina di uomini in uniforme che avevano interpretato i suoi attendenti, quindi varcò la porta intarsiata d'oro verso il piano superiore, quello dove tutti i nobili più importanti avrebbero trascorso la serata a ballare, a scambiarsi parole velenose e alleanze, e a cercare di guadagnarsi i favori di un Reggente ormai condannato.

La vista della sala da ballo dove si svolgeva la festa lo colse di sorpresa. Sapeva che era lussuosa, sapeva anche di doversi aspettare una consistente presenza di guardie armate, tre dozzine almeno, in mezzo a un centinaio di persone mascherate e anonimi servitori in tenuta bianca; ma non si era immaginato l'affresco.

A quindici metri d'altezza, il soffitto a cupola era decorato con la storia dei Nove e delle loro benedizioni sugli uomini. Conosceva quella leggenda: le nove divinità avevano regalato un frammento del loro potere, l'Exous, a prescelti umani, consentendo loro di controllare uno degli elementi. Nell'affresco, i Nove riempivano i due terzi dello spazio e l'Exous, di diverso colore a seconda dell'elemento che conteneva ma uguale nel rendere semplici umani dei Portatori, era rappresentato da pietre preziose. L'Exous di ghiaccio, all'estrema sinistra, era bilanciato dal rosso di quello di fuoco dalla parte opposta.

Kairan non era mai stato religioso, ma capiva come mai la gente comune sentisse il bisogno di credere che chi possedeva il controllo di un elemento fosse un prescelto degli dei, e non semplicemente frutto del caso. Si soffermò sui visi concentrati dei Portatori e sui colori brillanti di quell'opera d'arte, con le dita che fremevano per apporre il loro tocco. Ironico che a commissionare un simile affresco fosse stata la stessa persona che, una decade più tardi, aveva cominciato a dare ufficiosamente la caccia ai Portatori con l'accusa di essere un pericolo per il regno.

Gli sarebbe piaciuto scoprire quale caos avrebbe provocato, se avesse richiamato l'Exous che gli premeva sui polpastrelli per demolire quell'opera d'arte.

Sorrise, quindi si sistemò meglio la maschera

dorata che gli copriva la porzione superiore del viso fino al naso e procedette al centro della sala. L'ampio spazio centrale era incorniciato da due scalinate gemelle, abbastanza ampie da poter ospitare cinque uomini affiancati. In cima, una balconata circondava l'intera stanza. Il trono si stagliava sul lato opposto all'ingresso, su una piattaforma sopraelevata a cui si poteva accedere tramite una mezza dozzina di gradini e l'attento scrutinio di un manipolo di guardie in armatura completa. Da lì, il Reggente studiava gli ospiti e sbocconcellava della frutta. Gli lanciò uno sguardo di blando interesse, notando la sua pingue figura adagiata su troppi cuscini e la consorte, una cosina bionda di forse neanche diciotto anni, che si annoiava al suo fianco. Ecco l'uomo che aveva scatenato una caccia contro quelli come lui. L'uomo più potente di Teyan, ma troppo scomodo perché potesse sopravvivere ancora a lungo.

Scivolò via dopo un istante e andò a mischiarsi tra la folla.

Per l'ora successiva parlò, danzò e flirtò con chiunque avesse colto il suo interesse, memorizzando ogni informazione potesse servirgli. Al suo decimo ballo e dopo che i suoi sensi erano stati aggrediti a sufficienza dai profumi dolciastri dei nobili, aveva controllato tutte le vie d'uscita – poche finestre, e troppo in alto per arrivarvi senza un aiuto o l'Exous, la porta da cui era entrato, tenuta sotto stretta sorveglianza, e l'ingresso adibito ai servitori.

Si congedò dalla dama che aveva riso un po' troppo alle sue battute e durante la danza aveva fatto scivolare la mano sulla sua schiena con troppo interesse, soprattutto per una donna sposata, e salì sulla balconata, raggiungendo una zona deserta.

Con la schiena appoggiata alla balaustra, assunse l'atteggiamento accaldato di chi aveva bevuto troppo e cercava di calmarsi un po', mentre di sottecchi studiava il Reggente. Era ancora più pingue e più rosso in viso di quando lo aveva visto al proprio arrivo.

Tre milioni di corone. Quanto valeva la sua morte per i nobili che avevano assoldato Zarek.

Sarebbe stato un bersaglio facile, anche da quella distanza. Il problema si sarebbe posto in seguito: sfuggire alle guardie, trovare una via di fuga attraverso le finestre che non comprendesse un salto nel vuoto e sparire senza venire crivellato di frecce o peggio nei posti di blocco. Superare il lago non sarebbe stato un problema, per uno come lui, ma prima e dopo avrebbe avuto scarse possibilità di sopravvivere senza un buon piano.

Un'ultima occhiata tutta attorno gli diede la consapevolezza che nessuno gli stava prestando attenzione. A parte lui, quel lato della balconata era ancora vuoto.

Si girò verso la sala e cominciò a passarsi una moneta tra le dita, indice, medio, anulare, mignolo, andata e ritorno, con movimenti tanto familiari che ormai non aveva più bisogno di seguirla con lo sguardo. Lì sopra l'odore di carne arrostita e di troppi corpi sudati in una stessa sala lasciava spazio a un'aria molto più respirabile e il vociare dei nobili, i risolini delle dame e la musica si erano ridotti a un brusio indistinto.

La porta della servitù catturò la sua attenzione. L'aveva già depennata dalla propria lista, in quanto portava a una cucina priva di sbocchi rapidi all'esterno, ma forse non gli avrebbe fatto male darci un'occhiata ulteriore. Era sul punto di tornare al piano terra, quando un refolo improvviso di calore gli tolse il respiro. Erano anni che non ne avvertiva uno simile, come un tocco tanto impercettibile da dargli il dubbio di averlo sentito sul serio. Era da un'altra vita.

«Allora hanno mandato te,» commentò una voce alle sue spalle, troppo bassa perché potesse capire se gli risultava familiare.

I muscoli gli si contrassero per puro istinto.

«Ti prego, dimmi che per la prima volta nella mia vita mi sto sbagliando e non ci conosciamo.» Si girò mentre finiva di pronunciare la frase, solo per schivare un dardo di fuoco che si conficcò sulla balaustra a cui era appoggiato giusto un momento prima. Mentre il rassicurante gelo del suo Exous gli si condensava sui polpastrelli, si ritrovò a fissare un viso livido che un tempo aveva conosciuto meglio del proprio.

C'era il suo passato ad affrontarlo, più adulto di come lo ricordava, ma con la stessa rabbia violenta a bruciare in quegli occhi color sangue. E questa volta non avrebbe potuto evitarlo grazie alla fuga.

Parte Prima – Passato
Ice

MARY DURANTE

Capitolo 1

Nello *slum* si vive o si muore a seconda dei capricci del fato.

A dodici anni, Kairan la conosceva già come unica legge universale della propria vita. Se si era molto fortunati, si entrava a far parte di uno dei Grandi Quattro, i clan che si contendevano il potere negli oscuri affari dei bassifondi. Se si era moderatamente fortunati, si veniva accettati nei clan minori, quelli che nascevano e scomparivano nell'arco di pochi mesi. L'alternativa era stare da soli, e da soli non si sopravviveva. Carne da macello, semplice divertimento di una notte, la preda di chi cacciava i propri simili per svago o un danno collaterale durante uno dei tanti scontri per un frammento di potere.

Anche i ranghi più bassi dei Grandi Quattro potevano morire per un semplice capriccio o al primo, piccolo errore; ma almeno si veniva uccisi dai propri, non dagli avversari, a meno che qualcuno non fosse così folle da scatenare una vera e propria guerra.

Per quello, quando venne portato al cospetto di Adon Goyan, capo dei Ravik, Kairan non esitò neanche per un istante. Avrebbero potuto ucciderlo se lo avessero trovato mancante, ma con l'Exous che gli riverberava nelle vene sentiva di avere più possibilità di sopravvivere all'incontro presentandosi come risorsa preziosa, piuttosto che accettare una solitudine senza via d'uscita.

Studiò Adon, già pronto a catalogare ogni informazione gli rendesse più probabile evitare la morte, trovando un'inaspettata gentilezza su quel viso severo. Il capo dei Ravik era un uomo imponente come un toro, con una massa di capelli castani che si ingrigivano sulle tempie e gli raggiungevano le spalle. Non era un Portatore, ma le due asce gemelle che gli pendevano dai fianchi lo rendevano temuto allo stesso modo, se non di più.

«Terin ha detto che sei stato benedetto dai Nove. Mostrami quello che sai fare,» gli ordinò, con una voce profonda.

Dopo un cenno d'assenso, Kairan si concentrò per condensare sui polpastrelli quel potere che ancora gli risultava nuovo e non del tutto legato alla propria carne. *Nulla.* Non stava generando nulla. Gli si torse lo stomaco mentre la sua mano protesa rimaneva vuota, emblema del suo fallimento. Poi piccoli frammenti di ghiaccio si raccolsero al centro del suo palmo e dopo un respiro arrivarono a formare una sfera trasparente e perfetta.

Aggrottò la fronte per la concentrazione, fino a quando la sfera non cominciò a levitare di qualche centimetro. Il sudore gli imperlò la fronte e la nuca mentre la manteneva sospesa per più tempo di quanto fosse mai riuscito a fare. Poi la sua presa sul potere si assottigliò e il globo di ghiaccio si dissolse in tanti piccoli cristalli.

Alzò lo sguardo su Adon con il cuore che gli martellava nel petto per lo sforzo e per il timore di scoprire se si fosse guadagnato la salvezza o non avesse mostrato abbastanza. Incrociò l'ombra di un sorriso sul suo viso severo.

«Molto bene. Benvenuto tra i Ravik, ragazzino.»

«Mi chiamo Kairan,» rispose lui prima di potersi fermare.

Gli occhi penetranti del capoclan lo scrutarono prima che il suo sorriso si ampliasse.

«Kairan, allora.» Si girò verso il gruppetto di persone che si erano assiepate alle sue spalle. «Luc.»

Subito da quella massa anonima si staccò una figura più snella, che non arrivava nemmeno alla spalla di Adon. Furono i capelli il primo particolare ad attirare lo sguardo di Kairan: raccolti in un codino, con dei ciuffi scompigliati che gli ricadevano sulla fronte e lungo il viso. Di un rosso appena meno intenso del sangue.

«Questo è il nostro nuovo acquisto. Voglio che te ne occupi tu.»

Con un cenno d'assenso, il nuovo arrivato si mise a studiarlo senza la minima simpatia.

Lo stava soppesando, e Kairan non era sicuro di apprezzare quel secondo esame da parte di chi doveva avere la sua età. Quando incontrò il suo sguardo, però, si irrigidì.

Occhi di un rubino intenso, che tradivano la sua natura di Portatore del fuoco. Ne aveva sentito parlare: il più giovane possessore di Exous dello *slum*, uno dei più giovani dell'intera Teyan, se doveva dare retta alle voci. Tredici anni, solo uno più di lui, ma da quel che aveva saputo era stato in grado di risvegliare il proprio potere quando era solo un bambino con il moccio al naso.

Da vicino non sembrava molto diverso dagli altri ragazzi. Forse solo più pulito e con l'aria più seria. Le sue labbra sottili si piegarono in una smorfia, poi gli tese una mano guantata, come se fosse un dignitario.

Kairan esitò prima di stringerla con la propria, ancora fredda per il potere che aveva manifestato.

«Lucien,» gli disse il ragazzo.

La sua stretta era sicura, appena al di sotto di una prova di forza. Perfino attraverso il cuoio nero ne percepì il calore pulsante. Un brivido gli attraversò la schiena.

«Kairan.»

«Ora è una tua responsabilità,» commentò Adon. «Mostragli come si vive dai Ravik.»

***

Il territorio dei Ravik copriva la parte più pulita dello *slum*. Le case erano tutte più o meno intere, non solo quelle degli uomini più importanti, e c'erano lampade di *falsaluce* a illuminare la notte e a proteggere da un attacco a sorpresa. Un lato del territorio era delimitato dal fiume, ma le rive erano abbastanza alte da scongiurare il pericolo di un'inondazione, a meno che diversi possessori dell'Exous dell'acqua non si fossero messi a collaborare per quello scopo. Per gli altri tre lati, c'erano fortificazioni e mura ben difese.

Era il posto più sicuro in cui Kairan si fosse mai trovato a vivere.

Anche dal punto di vista delle forze armate quel clan spiccava sugli altri.

Tra i Grandi Quattro, i Ravik erano i primi per numero di Portatori. Ne avevano otto, compreso Lucien. Tre con l'Exous dell'acqua, due con quello dell'erba e altri due con quello del fulmine. E poi c'era Lucien. Lui era l'unico a poter manipolare il fuoco.

Dopo un primo giro per il clan e un pasto servito da un'anziana signora che gli aveva detto che era troppo magro, andò a cercarlo, più incuriosito da lui che dalla possibilità di familiarizzare con l'ambiente, come Lucien gli aveva suggerito con voce secca.

Lo trovò seduto su una pila di macerie, i rimasugli di uno scontro in cui i proprietari di quella casa avevano avuto la peggio. Una fiammella danzava sul suo palmo, riflettendosi sui suoi occhi vermigli. Mentre Kairan si fermava a distanza di sicurezza, sperando di non essersi fatto notare, una seconda fiammella si accese accanto alla prima. Poi una terza. Una quarta. Una quinta. Ogni dito guantato aveva la propria fiamma, senza che Lucien sembrasse faticare per mantenere il controllo sul proprio potere o il cuoio bruciasse.

Kairan stava giusto pensando alla propria sfera, al dispendio di energie e concentrazione che gli erano serviti per farla levitare di un paio di centimetri, quando lo sguardo del Portatore del fuoco si puntò proprio su di lui. Non disse nulla, si limitò a fissarlo, con le fiammelle che guizzavano nel vento.

Kairan abbandonò il riparo di un muro mezzo crollato per andargli vicino.

«Non sapevo si potesse fare una cosa del genere con il proprio Exous.»

Lucien richiuse la mano a pugno e le fiammelle scomparvero.

«Ho avuto anni per imparare.» Di nuovo i suoi occhi di quel colore innaturale lo scrutarono come per soppesarlo. «Quando hai ottenuto il tuo potere?»

«La settimana scorsa.»

«Mostramelo.»

Era un comando, nulla di diverso. E, malgrado la stretta allo stomaco, Kairan generò la solita sfera.

«Puoi farla più grande?»

Strinse i denti mentre scuoteva la testa, non sapeva se per lo sforzo o per reprimere una risposta tagliente. Alla fine, con un respiro profondo, allentò la presa sul proprio potere e la sfera si sgretolò in piccoli cristalli di ghiaccio.

Quando tornò a fissare Lucien, anziché lo scherno che si aspettava colse un'aria pensierosa.

«Riesci a usarlo per attaccare?»

«No.»

Anche se aveva mille idee al riguardo. Strali di gelo tagliente, una lama di ghiaccio, una tormenta. Ma, finché il suo controllo sull'Exous fosse stato così debole, sarebbero rimaste semplici illusioni da ragazzino.

Lucien saltò giù dalle macerie e gli si stagliò di fronte. Era alto solo pochi centimetri più di lui, ma era più muscoloso. Che dipendesse dal suo anno in più o dal suo fisico, Kairan lo avrebbe saputo solo una volta che fossero diventati entrambi adulti, ma già così gli sembrava evidente che non avrebbe mai raggiunto la robustezza di suo padre.

«Dovrai allenarti.»

«Lo sto già facendo.»

Lucien assottigliò lo sguardo. Per un attimo Kairan si chiese di colore fossero stati i suoi occhi prima che si rivelasse un Portatore. Se anche i capelli avessero assunto quella tonalità a causa del fuoco, lì dove i propri erano ancora del tutto neri e il ghiaccio si era manifestato solo sull'azzurro cupo che gli aveva coperto il grigio delle iridi.

«Lo farai con me.»

Fece appena in tempo ad annuire, con la mascella serrata e l'irritazione che gli pulsava nelle vene, quando Lucien si mosse. Colse lo scatto del braccio e fu l'istinto a spingerlo a reagire più che un pensiero ragionato. Tirò fuori il coltello che portava sempre con sé e lo frappose tra la propria gola e la lama con cui Lucien lo aveva attaccato a tradimento.

Quegli occhi cremisi si strinsero un istante prima di lasciar trapelare qualcosa di molto simile all'approvazione.

«Sai usare meglio il pugnale del tuo Exous.»

Con il coltello premuto contro il suo, Kairan si spostò a lato, per evitare un confronto di forza fisica in cui avrebbe avuto la peggio.

«Non ho dovuto aspettare la settimana scorsa per avere un pugnale.»

Per tutta risposta Lucien finse una stoccata a destra, per poi cercare di prenderlo alla sprovvista sotto la cintura, ma Kairan parò subito il suo affondo, poi anche il secondo e il successivo. Di nuovo lama contro lama, si guardarono l'uno alla ricerca delle intenzioni dell'altro, prima che il Portatore del fuoco si ritraesse e rimettesse il pugnale nel fodero che portava alla cintura.

«Domani mattina. Ci alleneremo anche con le armi bianche.»

E a Kairan, a dispetto della tentazione di approfittare della sua guardia abbassata e piantargli la lama nella gola, non rimase che assentire.

***

A dieci giorni dal suo ingresso nei Ravik, Kairan aveva già cominciato ad ambientarsi.

Ancora non aveva sviluppato alcun legame particolare con gli altri membri del clan, ma aveva memorizzato i nomi e i visi, il loro ruolo, aveva appreso dove erano nascoste le scorte di armi e quali difese andassero protette a tutti i costi, aveva catalogato le persone chiave, quelle fondamentali per l'esistenza dei Ravik come forza quasi incontrastata nello *slum*.

Non aveva più avuto incontri con Adon, il suo unico punto di riferimento era Lucien. Con lui si allenava ogni mattina, coltello ed Exous, per lunghe ore che lo lasciavano spossato. Il pomeriggio portava a termine qualche commissione assegnata dagli adulti in comando, o dava una mano a mantenere le armi pronte e in buono stato.

La notte aveva imparato a scivolare nel sonno

non appena posava la testa sul cuscino, mettendo a tacere l'istinto di anni di pericoli che gli avrebbe suggerito di dormire con la mano stretta al pugnale e il corpo teso, pronto a entrare in azione al minimo rumore. Teneva comunque l'arma sotto il cuscino, ma non ci si aggrappava più come se fosse l'appiglio da cui dipendeva la sua vita. Invece, con i muscoli doloranti per l'addestramento e lo stomaco pieno, trovava facile abbandonarsi alla stanchezza e non pensare più a nulla.

La camera era calda e accogliente, e ospitava solo due letti.

La prima sera si era aspettato una branda nel posto più infimo del clan, invece Adon lo aveva messo nella stessa stanza del figlio. Non parlavano molto la sera, non più di quanto facessero durante il giorno, ma Kairan aveva cominciato ad abituarsi alla curiosa novità di condividere il proprio sonno con una sola persona e non con un manipolo di altri ragazzi e ragazze, ammassati gli uni sugli altri per scaldarsi e proteggersi in caso qualcuno degli adulti avesse deciso di divertirsi con il loro dolore o i loro corpi.

Aveva cominciato ad abituarsi anche a quel refolo caldo che talvolta lo raggiungeva quando era vicino a Lucien, quasi il suo potere si espandesse fino a sfiorare le persone circostanti. A considerarlo non più una minaccia, ma un segno della sua nuova vita. Era al sicuro, almeno per qualche tempo.

Man mano che i giorni passavano, il Portatore del fuoco diventava sempre più parte della sua nuova realtà.

Fu l'undicesima sera che lo sorprese con le mani nude, e allora comprese perché le tenesse sempre coperte. C'erano cicatrici che si diramavano lungo tutte le dita e il palmo, porzioni di pelle più chiara, d'aspetto ruvido, che ricordavano vecchie ustioni. E forse non erano nulla di diverso.

Lucien si affrettò subito a rimettere i guanti, mentre le sue guance rivelavano la debolezza di un rossore. Prima che si girasse per nascondergli il viso, Kairan fece in tempo a notare le labbra ridotte a una linea sottilissima.

Rimase a guardarlo per minuti interi, mentre il silenzio cresceva in una nube soffocante, fino a quando non sentì il bisogno di infrangerlo.

«Una volta uno studioso mi ha detto che il fuoco è l'elemento più difficile da padroneggiare.»

«Cosa ci faceva uno studioso nello *slum*?» ribatté lui, il tono brusco.

«Si stava nascondendo. Aveva fatto infuriare un nobile.» Scrollò le spalle. «È durato una settimana.»

Lucien non rispose, rimanendo a dargli le spalle, intento a sistemare le lenzuola di un letto già in perfetto ordine.

Con gli occhi puntati sulla sua schiena, Kairan ricordò la prima volta che il suo potere gli si era condensato nella mano. Quando aveva sentito le dita congelarsi, la trafittura di mille aghi fino alle ossa delle falangi, e per un orribile attimo aveva temuto di vederle annerirsi e poi cadere in frantumi lasciandolo mutilato. Era stato rapido a prendere il controllo dell'Exous, allora, ma il fuoco…

Si diceva che alcuni Portatori incapaci di controllare il loro Exous fossero morti bruciati, riducendo in cenere anche le loro famiglie o l'intera abitazione. Portatori adulti, che avevano risvegliato il loro dono solo a venti, trent'anni. Non bambini.

«Ti fa ancora male?» gli chiese prima di potersi trattenere.

Per una frazione di secondo, Lucien si irrigidì tutto, prima di voltarsi e scuotere la testa.

«Ho imparato presto. Dovevo.» Fletté le dita e le richiuse a pugno. «Sono solo brutte da vedersi. Posso usare le mani senza problemi.»

Kairan gli si accostò.

«Non credo siano brutte. Le cicatrici sono la prova che sei sopravvissuto, che sei forte. Sono i segni della vittoria in una battaglia feroce.»

«E quale battaglia può esserci stata quando me le sono fatte da solo?»

Gli rispose con una scrollata di spalle e un angolo delle labbra che si curvava verso l'alto. «Magari parte di te voleva solo essere stronza.»

Lucien aggrottò la fronte, tanto che per un attimo parve in procinto di tirargli un pugno, guanti e tutto. Poi, per la prima volta, Kairan lo sentì ridere.

MARY DURANTE

Capitolo 2

«Non voglio fare da balia.»

Lo aveva lasciato con Magrian a mangiare qualcosa, ma ancora quel ragazzino estraneo rimaneva a infestargli i pensieri.

Suo padre incrociò le braccia al petto.

«Ti servono dei sottoposti, Luc.»

«Ho già i miei uomini.»

«Li hai già?» Una delle sue solite risate tonanti gli ferì le orecchie. «Tu hai i miei uomini. Di tuo non hai nulla. Se un giorno vorrai guidare i Ravik, dovrai guadagnarti la loro fedeltà e il loro rispetto. Al momento ti ammirano e ti temono per il tuo Exous. Ti obbediscono perché sei mio figlio. Ma non sono ancora tuoi. E hai bisogno di qualcuno che sia solo tuo.»

«Quindi mi affibbi un moccioso pelle e ossa che ha paura anche della sua ombra?»

Lo aveva studiato mentre gli mostrava il loro territorio e, durante tutto quel tempo, il ragazzino non aveva fatto nulla di diverso dal cercare di rendersi più piccolo di quanto già non fosse, ascoltando in silenzio le sue sporadiche spiegazioni e tamburellando con le dita sulle tasche dei pantaloni stracciati. Certo, lo aveva seguito senza un'esitazione e sembrava conoscere il proprio posto, ma doveva essere stata la paura a guidare il suo comportamento, visto il corpo teso e gli occhi che si guardavano attorno con la frenesia di una preda braccata.

«È tutto nuovo per lui. Ci sta un po' di cautela.»

«È debole,» ribatté, curvando le labbra in una smorfia.

Suo padre sollevò una mano per zittirlo.

«È sopravvissuto senza un clan. Ha sviluppato l'Exous e non ha avuto nessuno che lo aiutasse. Tu sei un ragazzo forte, Luc, ma hai sempre avuto una famiglia. Un clan dove crescere.»

A quel commento si zittì e strinse la labbra in una linea sottile, mentre cercava di conciliare simili parole con l'impressione che gli aveva fatto quel moccioso. Dodici anni, uno in meno di lui, se non aveva mentito. Un fisico esile, perfino per la sua età, tipico di chi aveva saltato troppi pasti. Le braccia magre, la pelle più scura della propria, ma segnata da lividi ancora più scuri. Nel suo aspetto non c'era nulla di particolare, salvo le tracce dell'Exous. E anche quelle non erano evidenti come nel proprio caso.

Non erano affiorate sui suoi capelli, di un nero lucido, solo sugli occhi, ma l'azzurro cupo delle iridi non li faceva spiccare in modo così innaturale come succedeva con i suoi. Avrebbe potuto mimetizzarsi e vivere da persona normale, se avesse voluto. Lucien poteva quasi invidiarlo, per quello.

Le sue riflessioni silenziose dovettero rendere felice suo padre, perché l'espressione severa si sciolse in un sorriso.

«Mettilo alla prova, se vuoi. Ma sono convinto che in venti, trenta giorni al massimo avrai cambiato idea.»

Era stato così stupido, quel giorno. Non gli piaceva rimangiarsi le proprie affermazioni, ma in quelle settimane aveva scoperto quanto lui avesse avuto torto e quanto suo padre, ancora una volta, avesse avuto ragione.

A un mese da quel primo incontro, Kairan era ormai diventato la sua ombra, un compagno con cui scambiare parole o condividere silenzi. Quegli occhi azzurri non mostravano più paura; forse era stato lui a fraintendere l'emozione occultata all'interno, perché non era riuscito a riconoscerla. Kairan guardava tutto, coglieva tutto e non rivelava nulla di sé.

Lo infastidiva e lo intrigava al tempo stesso non riuscire a intuire i suoi pensieri.

In ogni caso, gli ci erano voluti solo pochi giorni per capire che non era debole.

Con il coltello era più letale di parecchi adulti che conosceva. A volte si chiedeva se non lo avesse già superato, quando si scontravano in un finto duello che non prevedeva lo spargimento di sangue. Avevano cominciato anche con le spade. O meglio, lui con la spada, Kairan aveva scelto due lame lunghe una quarantina di centimetri e si stava addestrando a utilizzarle con entrambe le mani.

L'unico ambito in cui non sembrava in grado di tenere il passo era con l'Exous. Aveva imparato a evocare sfere di ghiaccio più grandi, anche due o tre alla volta, ma ancora non riusciva a plasmarle in qualcosa di diverso. Ancora non sapeva usarlo come arma o come supporto in battaglia.

Ci sarebbe stato tempo, per quello. O, se anche un miglioramento non fosse arrivato, Kairan era già pericoloso come spadaccino. Anche senza l'Exous sarebbe stato un ottimo compagno una volta che lui avesse dovuto succedere al genitore al comando dei Ravik.

Adon terminò di parlargli proprio quando lui stava iniziando a provare la familiare oppressione al pensiero di un cammino già interamente tracciato per la sua vita. Lo salutò e uscì dalla sala delle riunioni, dove a cadenza settimanale suo padre aveva insistito per istruirlo nell'arte del comando, quindi si immerse nel clamore e nella piacevole confusione dello *slum*.

Come prima cosa, non appena i suoi occhi si abituarono al sole alto nel cielo, si guardò attorno alla ricerca di Kairan. Quelle lezioni erano tra i pochi momenti in cui rimanevano separati e ormai cercarlo quando non era al suo fianco gli risultava naturale come respirare.

Urla e schiamazzi eccitati lo guidarono in uno spiazzo dove riconobbe subito una dozzina di ragazzi intenti a fare il tifo davanti a uno scontro a senso unico. L'attimo successivo si rese conto che quello a terra tra i due sfidanti era Kairan.

Lo stomaco gli si contrasse.

«Cosa succede?» chiese alla persona più vicina, un suo coetaneo con i capelli biondi e un vistoso occhio nero, di cui non ricordava il nome.

«Il tuo protetto ha pisciato fuori dalla latrina, questa volta. Ha mancato di rispetto a Joel.»

Ora riconosceva anche l'altro tizio in quel campo

di battaglia improvvisato. Sedici anni, grande e grosso almeno quanto era stronzo, Joel rideva con il trionfo del vincitore mentre stava seduto su Kairan. Con una mano gli bloccava le braccia dietro la schiena, mentre con l'altra gli spingeva la testa contro il terreno.

«Ti piace la terra, randagio?»

Randagio, come quelli che non appartenevano a nessun clan, la feccia della feccia.

Una sorda collera cominciò a martellargli sulle tempie.

Si guardò attorno alla ricerca del coltello di Kairan, incredulo che si fosse fatto disarmare senza nemmeno ferire il suo avversario. Poi lo vide legato alla coscia del tizio biondo. Ora capiva come mai Kairan fosse inerme e stesse avendo la peggio in uno scontro uno contro uno, malgrado girasse sempre armato. Capiva anche come mai quel tale avesse un occhio nero. Gli posò una mano sulla spalla per attirare la sua attenzione, mantenendo il tocco gentile malgrado qualcosa dentro di lui gli suggerisse di bruciare quei vigliacchi che attaccavano in gruppo; poi gli porse l'altra con il palmo rivolto verso l'alto

«Il suo pugnale.»

Il biondo gli lanciò un'occhiata, quindi si affrettò a slacciarselo dalla coscia e porgerglielo con tanto di fodero.

Lucien si limitò a stringerlo senza guardarlo. Non chiese nemmeno i particolari che avevano portato a quello scontro, non ne aveva bisogno. Joel era figlio del braccio destro di suo padre. Era da anni che sembrava convinto di avere diritto allo stesso posto al suo fianco, quindi doveva aver aspettato il primo pretesto per aggredire quello che percepiva come un intruso.

E Kairan, essendo Kairan, di certo non si era tirato indietro.

Lo guardò contorcersi invano, tra i gemiti soffocati, fino a quando Joel gli sbatté la testa al suolo, ridendo.

«Cosa te ne fai di tutte le tue arie, ora che non c'è Lucien a proteggerti?» Un altro strattone, prima che gli lasciasse andare i capelli.

Subito Kairan sollevò la testa tossendo e sputando terriccio, tutto il viso sanguinante, ma l'attimo successivo gli uscì un gemito strozzato, quando Joel gli tirò un pugno al fianco.

«Tutto parole e niente fatti.»

Lucien contrasse le dita guantate. Non avrebbe dovuto intervenire. La debolezza era un difetto imperdonabile nello *slum*, qualcosa da punire. Se lo avesse salvato, avrebbe solo dato ragione a chi lo riteneva inadatto per stargli accanto, ma sentiva già le fiamme lambirgli i polpastrelli, pronte a essere rilasciate, ed era sempre più difficile ignorarle.

Joel tirò un altro pugno e questa volta Kairan rimase inerte a subire.

«Magro come sei non sembri nemmeno un ragazzo. Chissà se al posto del cazzo hai un buco come le femmine.» Cominciò a strattonargli i pantaloni. «Chi vuole scoprirlo?»

Mentre gli spettatori ridevano e fischiavano, Lucien smise di respirare. L'aria era rovente, l'Exous gli si stava accendendo sottopelle come non gli succedeva da anni interi. Lo avrebbe scatenato per bruciare quel bastardo senza alcun pentimento.

Poi Kairan si contorse con un suono da animale ferito, un misto tra un ringhio e un urlo di dolore. Mentre Joel gli stava abbassando i pantaloni, con uno scatto girò la testa per affondargli i denti nell'avambraccio.

Joel mollò la presa sui suoi polsi con un grido. Subito Kairan tese una mano verso di lui. Uno strato sottile di ghiaccio si condensò sul suo palmo, più rapido di quanto Lucien lo avesse mai visto evocarlo; non una sfera, ma una lama, e con un altro urlo la mandò a conficcarsi nel ventre del suo aguzzino.

Un attimo più tardi, Kairan era rotolato via e si stava rimettendo in piedi, ansante e con un'altra lama di ghiaccio stretta tra le dita, mentre Joel si contorceva al suolo, le mani premute contro l'addome da cui sgorgava un fiotto di sangue.

Lucien si intromise prima di scoprire se avesse intenzione di attaccare ancora.

Se lo merita, e il fuoco pulsava nelle sue vene alla ricerca di uno sfogo, tanto che per un attimo si vide colpire quel bastardo per fargli assaggiare anche il suo Exous. Ma suo padre non avrebbe apprezzato.

Si rivolse al tizio con l'occhio nero.

«Portatelo da un guaritore.»

Non li guardò nemmeno andare via, tutta la sua attenzione era puntata su Kairan. L'amico aveva vestiti strappati, un occhio mezzo chiuso, la guancia incrostata di terra e sangue. Ma era in piedi e lo stava fissando con un'espressione trionfante.

«Credo di essere appena migliorato.»

La sua mano rivelò un tremito, poi la lama di ghiaccio si dissolse e lui barcollò. Lucien fu rapido ad arrivargli accanto e a stringergli le spalle per sostenere quel corpo che, almeno in apparenza, sembrava così fragile.

«Forse dovresti andare da un guaritore anche tu.»

Kairan scosse la testa.

«Sto bene. Ora voglio solo festeggiare i miei risultati con qualcosa di dolce.» Si frugò in tasca e le sue dita ne emersero con un sacchetto marrone.

«Kairan...»

Le sue proteste vennero interrotte quando lui gli dondolò il borsellino davanti agli occhi.

«Vieni?» Le labbra dell'amico si piegarono in quel sorriso che lo faceva sentire come se non sapesse più come mantenere l'equilibrio. «Offro io.»

«Tu non hai mai avuto un borsellino.»

Il sorriso si ampliò.

«No, infatti. Quello stronzo non dovrebbe tenere i soldi così in bella vista.»

Capitolo 3

Anche dopo mesi interi dal suo arrivo, Kairan si stupiva sempre un po' della libertà che aveva all'interno dei Ravik. Poteva andare ovunque, mangiare ciò che desiderava e non c'era limite all'addestramento e alle discussioni a cui poteva partecipare, salvo quelle strategiche o con gli emissari di uno degli altri Grandi Quattro. Quello era uno dei rari casi in cui doveva separarsi da Lucien e sentiva davvero la differenza tra lui e il figlio del capoclan.

Adon gli aveva detto che sarebbe stato ammesso a quelle riunioni una volta raggiunti i progressi necessari con l'addestramento, ma Kairan sapeva che non era una questione di abilità, quanto di fiducia. Non importava, era abituato a risvegliare il sospetto altrui.

Ciò non gli aveva impedito di cercare sempre nuovi modi per origliare o raccogliere almeno più informazioni possibili relative a quegli incontri.

Quel giorno si era superato: mimetizzato tra le travi del soffitto, rannicchiato tra due barili in cui Adon teneva lontano dalle mani dei suoi uomini la sua amata riserva di fichi caramellati, era riuscito a entrare nella casa della riunione prima che la porta fosse stata sprangata.

L'incontro si stava svolgendo nella stanza attigua, per buona parte fuori dalla portata delle sue orecchie, ma aveva comunque compiuto dei progressi rispetto alle volte precedenti e, se aguzzava l'udito, riusciva perfino a cogliere qualche parola.

Il corpo rattrappito aveva cominciato a dolergli quando la porta che stava fissando con attenzione assoluta si aprì all'improvviso, lasciando passare Lucien. Lo vide attraversare la stanza a passo di carica, con le dita che si tormentavano i guanti e le labbra piegate in una smorfia, il viso scuro.

Avrebbe voluto seguirlo, se così facendo non avesse rivelato la propria presenza. Invece rimase ad aspettare, respirando appena, finché la casa non si svuotò.

Aveva ormai tutti i muscoli irrigiditi quando alla fine si azzardò a scendere dalle travi.

Fece in tempo ad allontanarsi dall'edificio di una decina di metri, prima che una mano pesante calasse sulla sua spalla.

Represse l'impulso di tirare fuori il coltello e si girò per incontrare gli occhi arcigni di Adon.

«Hai visto Lucien?»

«No. Credevo aveste una riunione.»

«L'avevamo.» Il capoclan emise un sospiro. «Se lo vedi, digli che... No, non importa. Tanto non servirebbe a nulla, testardo com'è.»

«È successo qualcosa?»

«Porta pazienza con lui, Kairan. Non è un cattivo ragazzo.»

Lui si permise un ghigno. «Lo so. Non più di me, almeno.»

Adon gli scompigliò i capelli, in un gesto che per un attimo lo lasciò senza parole.

«Fuori dai piedi,» gli disse poi. «E piantala di

cercare di infiltrarti alle nostre riunioni.»

«A… agli ordini, signore.»

Si dileguò dopo un finto saluto militare, con il cuore che gli batteva all'impazzata. Una volta trovato riparo all'ombra di una casa, si fermò a riflettere, la mano già tesa a sistemarsi i capelli. La calura di primavera gli suggeriva un posto ben preciso dove Lucien poteva essere andato. L'insenatura del fiume ai margini del territorio dei Ravik, dove pochi metri di terriccio ed erba formavano un isolotto al centro del corso d'acqua.

Nei pigri pomeriggi in cui le commissioni erano poche, era lì che andavano a oziare, a volte immergendo i piedi nella corrente, altre a pescare, o semplicemente a chiacchierare sotto le fronde dell'unico albero presente.

Quando raggiunse quella meta, si rese conto ancora una volta di avere avuto ragione. Quasi.

Lucien non si trovava sull'isolotto, ma era seduto su una delle rocce che costellavano la riva dove il fiume era più profondo, una gamba lasciata a penzolare verso l'acqua e l'altra ripiegata, così da avere un ginocchio a cui appoggiare le proprie braccia. Con i capelli che ondeggiavano alla brezza leggera, sempre legati in quel codino disordinato, sembrava la quintessenza della malinconia.

Gli si avvicinò da dietro senza dire niente.

Passarono svariati minuti prima che Lucien rilasciasse uno sbuffo.

«Hai intenzione di rimanere qui a lungo?»

«E tu hai intenzione di lanciare sguardi di sfida

all'orizzonte per tutto il pomeriggio?»
La smorfia dell'amico si acuì.
«Tutti mi considerano il Portatore,» sbottò alla fine, come fosse un'offesa. Fletté le dita e le richiuse, mentre la familiare folata calda che caratterizzava la sua presenza si intensificava.
«Lo sei.»
Kairan comprese subito di avergli dato la risposta sbagliata, quando sulla fronte dell'amico comparve una linea profonda.
«Non sono solo questo.»
Gli si sedette accanto, ricercando i suoi occhi. «Avresti preferito non avere il tuo potere?»
«A volte penso che sarebbe più facile. Così non avrei tutte queste aspettative a cui far fronte. Non avrei chi pretende sempre cose. Chi mi vede solo come un'arma.»
Kairan evocò una lama di ghiaccio e la lasciò volteggiare sulle proprie dita, prima di incrociare di nuovo il suo sguardo.
«Siamo tutti armi. Alcune più affilate di altre.»
Lucien la prese in mano. Tra le sue dita durò solo qualche secondo, prima di cominciare a sciogliersi e bagnargli i guanti.
«Tu mi vedi come una persona. Non vedi il Portatore del fuoco.» La linea severa delle sue labbra si distese appena. «Non hai mai cercato di ingraziarti mio padre tramite me. O di ingraziarti me, se è per quello.»
«Non sono molto bravo con l'autorità,» commentò lui con una smorfia a metà verso il sorriso.
Lucien si rilassò ancora.

«No, non lo sei.»

A quel commento gli diede una leggera spallata.

«Vuoi che mi metta anch'io a guardare in cagnesco l'orizzonte? Magari in due lo spaventiamo meglio.»

La spinta di rimando lo fece cadere in acqua. Riemerse sputacchiando, mentre i vestiti gli si appiccicavano al corpo in un piacevole brivido di freddo, dopo il caldo del sole.

«Questo è scorretto.»

«Stavi pensando di fare la stessa cosa,» ribatté Lucien, ma gli tese la mano.

«Assolutamente no,» mentì lui.

Gli prese il polso, appoggiò un piede alla roccia, quindi, con uno scatto, lo fece piombare in acqua accanto a sé. Nel tempo che l'amico impiegò a riaffiorare, si era già allontanato di qualche bracciata, il potere che gli si condensava tra le dita.

«Lo sapevo che eri uno stronzo,» tossì Lucien, con tutti i capelli incollati alla fronte.

Kairan rise e scappò via, tracciando un sottile strato di ghiaccio nel fiume verso la terraferma, nel nuovo trucchetto che aveva imparato nell'ultima settimana. Arrivò quasi alla riva, quando una folata calda gli raggiunse la schiena e sciolse il suo ponte improvvisato.

Ricadde nell'acqua, quindi si ritrovò invischiato in una lotta senza quartiere con l'amico, tra spruzzi, usi illeciti dei loro Exous, urla e imprecazioni.

Non ci fu un vincitore vero e proprio, semplicemente a un certo punto furono troppo stanchi per continuare, così si trascinarono su una roccia piatta. Lì si stesero l'uno accanto all'altro, nudi tranne che per l'intimo, mentre aspettavano che il sole asciugasse i vestiti bagnati. Dopo la volta che Lucien aveva dato fuoco ai loro calzoni cercando di accelerare le cose, un paio di settimane prima, avevano deciso di evitare un simile esperimento.

«Ti voglio al mio fianco,» dichiarò lui a un certo punto.

Kairan aprì un occhio, usando la mano per schermarlo dalla luce troppo intensa.

«Adesso?»

«Quando diventerò capoclan.»

«Pensavo spettasse a Joel.» Perfino mentre lo diceva non riuscì a trattenere un sorrisetto.

«Piuttosto preferirei Magrian.»

Il pensiero dell'anziana cuoca con spada sotto braccio e sguardo feroce gli strappò una risata.

Quando però Lucien continuò a guardarlo con un'espressione seria, scrollò le spalle.

«Allora dovrai pagarmi bene,» commentò per il bisogno di cancellare quelle parole troppo pesanti.

Lucien gli tese la mano destra. Da quando lo aveva visto senza guanti, sembrava meno restio a toglierseli in sua presenza. Con tutti gli altri, anche con suo padre, li aveva sempre indosso.

«Cinquanta e cinquanta di tutto il bottino.»

Kairan strinse quelle dita piene di cicatrici e finse di non avere difficoltà a mantenere l'espressione tranquilla.

«Andata.»

Forse era così che funzionava per i ragazzi fuori dallo *slum*, quelli che non dovevano guardarsi le spalle o conquistarsi il diritto alla sopravvivenza nel sangue.

Forse era così che funzionava anche per chi aveva la fortuna di nascere in un clan.

Non gli importava, sapeva solo che gli sarebbe piaciuto rimanere lì per sempre.

MARY DURANTE

Capitolo 4

Il fiume gli piaceva, placido dopo la pioggia e con quell'aspetto immutato che gli faceva credere di poter vivere in un eterno presente in cui nulla lo avrebbe scalfito. Era lì che Lucien andava quando i pensieri si rivelavano troppo assordanti per affrontarli in mezzo alle altre persone. Una tregua, seduto sulla pietra più ampia, con le spalle all'area abitata e lo sguardo fisso sull'orizzonte.

Aveva trascorso forse mezz'ora in solitudine, prima che Kairan lo raggiungesse. Non che si stupisse, in qualche modo lui sapeva sempre dove trovarlo.

«Non mi dici chi vorresti prendere a pugni, prima che io ti prometta di accompagnarti?»

«Gli Albericht.» Gli bastò pronunciare quel nome per sentirlo marcire nella propria bocca, in un misto di bile e sapore del sangue. Spostò gli occhi sull'amico al protrarsi del suo silenzio. «Li conosci, no?»

Domanda stupida, perché tutti nello *slum* avevano almeno sentito parlare dei Grandi Quattro, soprattutto del clan più forte dopo il loro. Eppure Kairan era molto più serio del solito, quasi avesse compreso ciò che ancora non gli aveva raccontato.

«C'è stato uno scontro con le guardie di mio padre. Hanno ucciso uno dei loro, ma altri due sono riusciti a scappare e Toval è rimasto ferito,» continuò al suo assenso.

«Si rimetterà?»
«Sì. Nulla di grave.»
Non questa volta, almeno.
«Eppure tu sei sparito prima ancora di pranzare e sei qui, con l'aria di chi vorrebbe assassinare il fiume.»
Lucien rimase in silenzio per quasi un minuto, tornando a fissare l'orizzonte, prima di decidersi per la verità.
«Hanno ucciso mia madre. Quando avevo cinque anni, c'è stata un'imboscata e mio padre è arrivato tardi. L'avevano presa di mira apposta durante la sua assenza.» Ogni parola sembrava bruciare in un modo che l'Exous non aveva mai fatto, nemmeno quando gli aveva riempito le mani di cicatrici.
Non si girò a guardare Kairan, non era sicuro di quale espressione avesse al momento e di volergliela mostrare, ma percepì lo stesso l'impennarsi della sua tensione.
«Tua madre? La ricordi?»
«Ricordo il suo viso. La sua voce, il suo profumo.» E i suoi abbracci e tanti altri particolari a cui non avrebbe dato voce, nemmeno se non gli si fosse formato un nodo alla gola con quelle semplici parole. Tutte cose che non avrebbe mai più potuto avere.
«Non ho ricordi di mia madre. Ma capisco perché li odi,» gli disse Kairan, in un mormorio che incrinò appena il silenzio.
«Odiarli?» Lucien si ritrovò a ridere, un suono che gli raschiò la gola. Odio era una parola così limitata, in confronto all'incendio che sentiva allargarsi

nel petto e gli suggeriva di rilasciare ogni tipo di controllo, di accogliere le fiamme sulle dita e alimentarle fino a ridurre il mondo in cenere. «Li ucciderò tutti.»

«Lucien.»

L'incendio si attenuò mentre tornava alla realtà, una che comprendeva l'amico, il fiume, la roccia sotto di sé, e non visioni di urla e sangue. Di fronte a lui, Kairan aveva ancora quell'espressione seria, come se si stesse preparando a un combattimento. Solo in quel momento si rese conto di aver quasi perso il controllo dell'Exous e che la temperatura attorno a loro era salita di diversi gradi. Subito lasciò la presa sui propri poteri, obbligandosi a ricacciarli dentro di sé, dove non avrebbero fatto male a nessuno – non ancora, non a Kairan.

«Scusa.»

L'amico scosse la testa, posando una mano sulle sue. Era fredda, come il ghiaccio che nascondeva sotto la pelle.

«Va tutto bene,» mormorò, mentre si sedeva accanto a lui. «Sarò al tuo fianco.»

***

Non sapeva se fosse stato un contorto modo per distrarlo dopo la conversazione della sera prima o semplicemente una coincidenza che l'amico fosse piombato in camera sua con quell'idea folle.

«Stai scherzando?»

«Andiamo, Lucien. A te non direbbero di no.»

Lui scosse la testa. «È una pazzia.»

Ne era convinto, perché nessuno sano di mente avrebbe mai provato a invadere il territorio di un altro clan di notte, fosse anche uno minore, in due persone.

Solo che poi Kairan lo guardò di nuovo con quell'espressione eccitata, l'azzurro dei suoi occhi che brillava e le labbra tese in quel sorrisetto che ormai associava in modo ineluttabile ai guai, e il rifiuto gli si strozzò in gola.

«Non ci vedrà nessuno.»

Il piano era semplice, e per quello ancora più folle: rubare la bandiera che il clan dei Moser, uno di quelli minori con l'aspirazione di aggiungersi ai Grandi Quattro, aveva messo a svettare in cima al quartier generale.

Uno smacco che avrebbe messo per sempre a tacere le loro manie di grandezza, e senza neanche l'intervento dei Ravik al gran completo.

«Ti rendi conto che se ci beccano ci fanno la pelle?»

«Non ci beccheranno, ho un piano. Potrei farlo anche da solo, ma le guardie di tuo padre non mi lascerebbero mai uscire. Se ci fossi tu con me, però...»

Lucien si rimangiò la prima e più istintiva risposta – *col cazzo che ci vai da solo* – e piegò le labbra in una linea dura, mentre rifletteva su una battaglia che già sapeva persa in partenza.

A un anno e mezzo dal loro primo incontro, c'era pochissimo che sarebbe mai riuscito a negargli.

E poi c'erano aspetti di quell'impresa folle che lo tentavano: una prova di coraggio da ricordare per sempre, che poi avrebbero festeggiato solo loro due, come un segreto che non sarebbe appartenuto a nessun altro.

Con un sospiro e la netta sensazione che se ne sarebbe pentito, accettò.

***

Kairan dimostrò di avere avuto ragione, anche quella volta.

Le guardie che controllavano i confini del loro territorio non osarono ribattere con troppa veemenza quando affermò di voler fare due passi nel bosco vicino e in breve, dopo una camminata furtiva, si ritrovarono di nuovo nello *slum*, solo dalla parte dei Moser.

«Di qua,» mormorò Kairan in un soffio, direttamente al suo orecchio.

Lui rabbrividì.

Lo seguì su per una casa, poi sui tetti, in una corsa esilarante quanto una vittoria. L'area dei Moser sotto di loro era quasi tutta addormentata e in quel momento possedevano la notte. Mentre scambiava con l'amico sorrisi e sguardi eccitati, si sentiva come se fossero i re del mondo.

Quando giunsero sul bordo dell'ultimo tetto, a fissare il divario di pochi metri che li separava dalla loro meta, Kairan si inginocchiò, posò entrambe le mani sui mattoni della casa e cominciò a condensare il suo potere in una lunga striscia sottile.

Il tempo di dieci tormentosi minuti, e c'era un

ponte di ghiaccio largo neanche venti centimetri, a spianare loro la strada. Notò la sottigliezza, senza osare toccarlo per timore che il proprio Exous lo sciogliesse.

«Sicuro che duri?»

«Sì, ma tu controlla che le guardie non ci vedano.»

Si girò di un quarto, gli occhi puntati sulla via sottostante.

«Muoviti,» gli mormorò.

Nella testa cominciò a contare senza volerlo.

Uno, due, tre...

«Lucien.»

Fu il tono con cui Kairan lo aveva chiamato a spingerlo a voltarsi di scatto, prima ancora degli scricchiolii. Un mormorio carico d'urgenza che gli aveva già messo in moto le gambe prima di un altro pensiero. Si gettò sullo stomaco sul bordo del tetto proprio quando il ponte si infranse in tanti piccoli cristalli di ghiaccio. Vide il suo balzo con il cuore in gola, gli occhi azzurri dilatati dal panico illuminati dalla luna e dalle poche torce dell'accampamento.

Non ce la farà e lo guarderò morire.

Per una frazione di secondo l'orrore gli riempì la mente. Poi una mano gli afferrò il braccio proteso e lui strinse i denti per supportare il peso improvviso di Kairan, le dita tanto salde al suo polso che avrebbero dovuto staccargliele prima che lui mollasse la presa.

Con un ansito strozzato, l'amico rimase a penzolare a dieci metri da terra.

«Devi tirarti su,» sibilò.

La mano destra iniziava a dolergli e con un

braccio solo non poteva sollevarlo, per quanto Kairan fosse leggero. Non si fidava a lasciar andare la presa che la sinistra aveva sul tetto.

Lui annuì, poi, penosamente, gli agguantò il braccio anche con l'altra mano e iniziò a issarsi. Serrando i denti, Lucien si sforzò di rimanere immobile e pensò solo a stringere, a stringere e a sopportare anche quando cominciò a non sentire più l'arto.

Dopo secondi troppo lunghi, i capelli dell'amico gli sfiorarono il mento e il suo braccio gli circondò il collo. I loro respiri si intrecciavano in un unico ansito, accelerato dall'adrenalina e dalla paura.

Ora o mai più.

Raccolse tutte le energie che gli rimanevano, quindi fece leva con l'altra mano per rotolare lontano dal bordo portandolo con sé. L'attimo successivo si ritrovò a giacere sul tetto di schiena, con Kairan che si arrampicava su di lui come un gatto spaventato. Stava tremando quando gli affondò il viso nel collo, in quella che forse era la prima volta in cui mostrava di avere paura. Lucien chiuse gli occhi e per un attimo gli parve di essere abbracciato dall'inverno.

Kairan sapeva di neve e di pino. Sapeva di buono, e la sua pelle era gelata.

«L'altro tetto era caldo,» gli disse in un sussurro spezzato. «Non ci avevo pensato. Era caldo.»

Lui si limitò a stringerlo a sé, incurante della presa spasmodica che gli stava disegnando guizzi di dolore sulla schiena, grato che fosse ancora vivo.

Una dozzina di minuti più tardi, Kairan si era

ripreso abbastanza da mostrare l'ombra del solito sorriso.

«La prossima volta andrà meglio.»

Lucien scosse la testa, per un attimo tentato di calare il pugno del braccio ancora dolorante sulla sua testa.

«Sei pazzo.»

Lui sorrise. «Solo un po'.»

Ma acconsentì a tornare a casa senza la minima protesta.

Non festeggiarono quella sera, ma rimasero comunque svegli fino al sorgere del sole, seduti sul loro isolotto, Kairan che guardava l'alba e lui che guardava Kairan. Era la sua espressione l'elemento più luminoso del panorama.

Fu con le prime striature di rosso che una mano cercò la sua.

«Grazie.»

Lucien la strinse senza dire nulla.

Un giorno, forse gli avrebbe detto quelle parole che sentiva incastrate sulla lingua ogni volta che lo vedeva sorridere. Non il sorriso di scherno da rivolgere ai nemici, ma con quello vero, che era solo suo.

**

Era andato tutto a puttane a una rapidità spaventosa.

Avrebbero dovuto solo ricevere dei rifornimenti da un contatto della Città Elevata, una delle tante commissioni che Adon affidava a entrambi quando insistevano per avere una missione che comportasse un po' di movimento. Il tempo di uno scambio in quella zona appena fuori dallo *slum*, che segnava l'inizio del territorio dei nobili e della gente per bene del regno di Teyan. E dileguarsi senza farsi vedere.

Peccato che il loro informatore li avesse traditi.

E ora Lucien si ritrovava con gli occhi puntati sul suo cadavere, ancora appoggiato alla spada con cui gli aveva trapassato la schiena, e non riusciva a guardare nient'altro. I passi leggeri di Kairan lo affiancarono mentre era inginocchiato sull'erba bagnata, una sensazione trascurabile rispetto alla stretta allo stomaco che si rafforzava a ogni respiro.

Era stato l'Exous di ghiaccio a far scivolare l'informatore e a permettergli di raggiungerlo, così da infliggergli quell'affondo mortale. Nel silenzio del bosco, ora che l'amico si era fermato, l'unico rumore era il furioso martellare del proprio cuore.

«Era la prima volta che uccidevi qualcuno?» gli chiese alla fine Kairan, la voce poco più di un mormorio.

«Non potevo fare altrimenti.»

L'informatore stava scappando per allertare le guardie e se li avessero trovati fuori dallo *slum* sarebbe stata una condanna a morte. Ma non riusciva a smettere di fissare il corpo esanime come se gli si fosse impresso sulla retina, a sentire il sangue marchiargli i polpastrelli più di quanto non avesse mai fatto il fuoco.

Si riscosse solo quando delle mani si posarono sulle sue spalle e lo spinsero a girarsi. Si ritrovò a osservare Kairan, che era scivolato in ginocchio accanto a lui. Che c'era sempre, anche in quel momento, e lo guardava con gli occhi pieni di ombre.

«Diventa più facile, sai?» gli disse con un tono insolitamente sommesso. «Devi solo permetterti di dimenticare.»

Non erano le parole vuote di chi non sapeva.

La nausea per le proprie azioni si dilatò a quella nuova consapevolezza.

Dodici anni. Aveva avuto dodici anni quando si era unito a loro, e in un lampo ricordò le parole di suo padre, il fatto che Kairan al contrario di lui non avesse avuto nessuno e fosse sopravvissuto da bambino in un mondo ostile.

Lo strinse a sé all'improvviso, come se con il suo corpo premuto contro il proprio riuscisse ad allentare la morsa sui polmoni e a zittire l'urlo che gli raschiava la gola.

«Se è un'aggressione, la trovo un po' carente,» commentò Kairan, l'ironia che per una volta nella sua voce suonava stonata.

«Taci.»

Rimase ad abbracciarlo fino a quando non smise di tremare. Fino a quando non sentì le sue braccia circondargli la schiena e stringerlo a loro volta e le sue narici non furono invase dal familiare odore di pino e neve.

Capitolo 5

Tarin. Altre tre guardie. Adon. Lucien.
Finì di enumerare le persone più forti di lui prima di chiudere gli occhi nel buio della sua camera, consapevole del coltello occultato sotto il cuscino, con il respiro basso e regolare dell'amico a unirsi al proprio. Sei persone. Due in meno della settimana prima. Sei di troppo.

Ogni giorno la lista si assottigliava, ma non era abbastanza. Non bastava mai.

***

Kairan aveva dovuto aspettare i sedici anni per partecipare alle missioni più impegnative, come gli altri adulti. Non ci aveva messo molto a crearsi una fama di tutto rispetto, come secondo ragazzo più promettente dietro a Lucien.

E man mano che cresceva la loro fama, cresceva anche il potere dei Ravik.

Molto potere significava molti nemici, ma lui non ci aveva badato, assaporando quella nuova vita che gli calzava così bene, che quasi sentiva gli appartenesse davvero.

Gli anni al sicuro gli avevano fatto perdere l'abitudine di pensare alle minacce e analizzare ogni singolo pericolo, spingendolo ad abbassare la guardia.

E ora lui e Lucien si trovavano circondati,

tagliati fuori dalla strada per il territorio dei Ravik, ad affrontare la loro morte. Non riconobbe nessuno, ma non aveva alcun dubbio che quell'imboscata fosse stata opera degli altri Grandi Quattro.

Una dozzina di mercenari esperti, solo per loro due. Si sarebbe sentito lusingato, se non avesse saputo che miravano alla vita di Lucien, non alla sua.

Rafforzò la presa sui pugnali, la mente che andava alla frenetica ricerca di un piano che potesse salvarli, senza trovarlo. Percepì l'amico tendersi, mentre l'aria all'improvviso si scaldava.

«Ti creerò un'apertura. Scappa.» Furono le uniche parole che Lucien gli rivolse, prima di abbandonare la sua schiena per gettarsi sui nemici più vicini.

Per un attimo Kairan fu sul punto di scattare sul serio. Correre via, verso la salvezza, verso un'altra giornata di vita, lasciando che quel folle si sacrificasse per lui. Poi strinse i pugnali e si gettò nella mischia con un urlo.

Erano in dodici, al momento dell'attacco di Lucien. Nell'arco del primo secondo, l'amico ne aveva abbattuti due, uno con il suo Exous e uno con la spada.

Kairan affondò il pugnale nella gola del bastardo che era stato sul punto di calare un fendente su quella chioma rosso sangue.

Tre.

Schivò una freccia e lasciò partire una lama di ghiaccio, che raggiunse il suo bersaglio suscitando un gemito strozzato.

Quattro.

Il clangore di acciaio contro acciaio, una prova di forza che Lucien vinse con un ringhio, sbilanciando il suo avversario per poi decapitarlo di netto.
Cinque.
Una vampata che sorse assieme a grida disperate.
Sei.
Schivava e uccideva, feriva e schivava, e Lucien era di nuovo contro la sua schiena. Il suo spadone lo protesse da un affondo per poi tranciare di netto il braccio a chi aveva cercato di attaccarlo, mentre lui generava uno scudo di ghiaccio per difendere entrambi da un paio di pugnali da lancio. A quel punto toccò a Kairan mostrare chi fosse più abile con quell'arma, lasciando che un'altra lama di ghiaccio si conficcasse nell'occhio del suo aggressore, mentre l'amico abbatteva una fiammata sul nemico più vicino.
Sette. Otto. Nove.
La battaglia divenne un turbinio di estasi e sangue, di urla e ansiti e di Exous che davano la morte.
Lui e Lucien che si muovevano in perfetta sincronia, che erano invincibili, che erano immortali.
Dieci. Undici.
Dov'era il dodicesimo?
Lo scorse l'attimo successivo e con quella vista la sensazione di invulnerabilità venne meno. C'era una balestra puntata dritta al petto di Lucien.
Gli fu davanti in un lampo, la mano sinistra tesa per formare uno scudo di ghiaccio in quella minuscola frazione di secondo che aveva.
Reggerà.
Un dolore lancinante gli divorò i nervi

nell'attimo in cui la freccia lo infranse e gli penetrò nel palmo. Cadde in ginocchio con la mano ferita stretta al petto, senza nemmeno le forze di contrattaccare o difendersi, ma la vampata di calore che gli passò sopra la testa gli regalò la consapevolezza di non dover temere nulla.

Un grido strozzato che si perse nel crepitio del fuoco più tardi, Lucien era inginocchiato accanto a lui, le dita che lo frugavano con una frenesia che sapeva di preoccupazione.

«Fammi vedere.»

Tremando, Kairan rivelò la mano ancora trafitta dalla freccia.

«Toglila.»

Occhi cremisi ricercarono i suoi.

«Sicuro?»

Lui annuì e si tese in previsione del dolore. Non riuscì a trattenere un gemito quando Lucien spezzò la freccia a metà, ma l'ondata di nausea che lo colse non gli ottenebrò i pensieri. Invece concentrò il proprio potere attorno alla ferita, ansimando per lo sforzo. Quindi, i denti tanto serrati da sentirli scricchiolare, guardò l'amico.

«Vai.»

Questa volta urlò, mentre l'agonia gli scombinava i nervi e si condensava su un pulsare lungo tutta la mano. Si aggrappò disperatamente all'Exous, mantenendo il gelo tutto attorno alla ferita, fino a quando la perdita di sangue non si arrestò quasi del tutto e lui non riuscì a rialzarsi, seppur su gambe tremanti.

Lucien lo sostenne subito.

«Dobbiamo andare da un guaritore.»

«Sto bene,» ansimò.

La mano gli faceva un male terribile, come se l'avesse immersa nel fuoco, ma era vivo. Erano vivi tutti e due, malgrado fossero stati così idioti da rischiare la vita per salvarsi a vicenda.

«Ne riparliamo a casa.»

Attraverso il velo umido che gli offuscava la vista, notò che Lucien aveva l'espressione risoluta delle poche volte in cui non riusciva a convincerlo a desistere da un suo proposito. Già si poteva vedere trascinato da uno dei guaritori di suo padre. O, ancor più probabile, vedere un guaritore trascinato da lui.

Se non altro, dovette dargli l'impressione di essere abbastanza stabile, perché Lucien lo lasciò andare. Continuò però a fissarlo con quell'aria a metà tra la sorpresa e la preoccupazione.

«Mi hai salvato. Anche se ti avevo detto di scappare.»

«Sì, beh, non volevo lasciare che l'unico atto eroico fosse il tuo.» Tentò un sorriso, prima di trattenere il respiro quando una fitta minacciò di farlo gemere. Dovette aspettare due secondi prima di poter mantenere ferma la voce. «E poi Adon mi avrebbe ucciso, se fossi tornato senza di te.»

Lucien scosse la testa, prima di recuperare uno dei suoi pugnali.

Invece di tenderglielo, si tolse il guanto sinistro e si aprì uno squarcio sul palmo.

«Cosa...?»

Prima che Kairan si riavesse dalla sorpresa per trovare la domanda giusta da porgli, l'amico gli prese con gentilezza la mano ferita, premendo il palmo contro il suo. Rimase a stringerla per un istante, mentre il loro sangue si mischiava e gocciolava al suolo.

«Ora siamo fratelli.»

Malgrado la mano pulsante, Kairan non provò più l'impulso di portarsela al petto.

«Fratelli?»

«Fratelli di sangue. Più che fratelli normali. Le nostre vite sono legate.»

Sbatté le palpebre, senza sapere come ribattere. Non aveva mai avuto una famiglia. Solo persone più forti di lui, da guardare con sospetto e da cui stare alla larga, e persone più deboli tra cui primeggiare. Lasciò che gli fasciasse la mano con una striscia di tessuto rubata a uno dei cadaveri, troppo preso a riflettere su quelle parole per protestare.

«E tu vuoi condividere la vita con uno come me?» chiese alla fine.

«Perché pensi che ti abbia detto di scappare? Di certo non l'avrei fatto per Joel o per chiunque altro dei Ravik.» Lucien finì di bendargli la mano, prima di puntargli in viso occhi troppo sinceri. «Nessun altro. Solo tu.»

Kairan sorrise con labbra insensibili e sentì il gelo del proprio potere propagarglisi nel petto.

Capitolo 6

«Cominciavo a pensare che tuo padre ti avesse messo in gattabuia.»

Lucien formò una smorfia sentita a metà, mentre finiva di issarsi sul tetto dove Kairan lo aveva aspettato.

«Non era contento della nostra ultima missione.»

«L'abbiamo completata a tempo di record.»

«Sì, rischiando troppo, secondo lui.»

E forse non aveva avuto tutti i torti. Affrontare una decina di soldati armati di tutto punto poteva sembrare un mezzo suicidio, ma con Kairan faticava a essere prudente. Non si era mai sentito tanto sicuro come quando scendeva sul campo di battaglia con lui al proprio fianco.

«E perché ha sgridato solo te?» gli chiese l'amico.

«Perché pare pensare che con te sia fiato sprecato.»

«Non ha torto.»

Lucien scosse la testa reprimendo a fatica un sorriso e lo raggiunse per sedergli accanto sul bordo del tetto, con le gambe a penzoloni e il viso rivolto verso il vento estivo. Dalla cima dell'ampio magazzino con le provviste potevano vedere tutto il territorio dei Ravik, mentre in pochi si accorgevano della loro presenza. Durante una giornata di sole era il loro posto preferito dopo l'isolotto sul fiume.

Quel momento di pace si infranse quando notò il sacchettino maleodorante che Kairan stava aprendo.

«Cos'è?»

«Tabacco. Me lo ha passato Sergel in cambio di un paio di informazioni sulla tipa che gli piace.»

Lo guardò spargere le foglie triturate in un foglio e ripiegarlo in un cilindro allungato. Ne aveva visti sempre di più, di recente. Una nuova moda importata dalla Città Elevata, che faceva puzzare il fiato e ingialliva i denti. Suo padre l'aveva definita una sostanza dannosa e che dava assuefazione, sconsigliandone l'utilizzo, quindi era ovvio che Kairan fosse propenso a provarla.

Corrugò la fronte prima di alzare gli occhi sul suo viso. «Non dovresti.»

«Perché?»

«Fa male.»

Kairan gli rivolse un sogghigno.

«La vita fa male, Lucien. Sta solo a noi scegliere quale sia il male migliore.»

«E ha un cattivo odore,» continuò, sentendo una smorfia prendere forma sulla propria bocca. «Poi sapresti di fumo.»

L'amico scrollò le spalle. «E se anche fosse? Non è che poi io abbia qualcuno da baciare.»

«Potrei baciarti io,» gli uscì prima che il suo cervello potesse bloccare la lingua traditrice.

Un lampo di sorpresa attraversò gli occhi azzurri di Kairan, poi lui scoppiò a ridere.

Mentre un calore ben diverso da quello dell'Exous gli si propagava sulle guance, Lucien gli prese il viso tra le mani e premette le labbra contro le sue. Non il modo più consono per zittirlo, ma lì vicino non c'era alcun fiume in cui farlo cadere e lui non era mai stato bravo con le parole.

Sentì Kairan irrigidirsi e il cuore parve in procinto di abbandonargli il torace per prendere sede nella sua gola. Poi quella bocca fresca si schiuse nel più piccolo degli ansiti, lasciandogli lo stesso sentore di neve che aveva sempre associato a lui.

L'attimo successivo, senza che Lucien avesse compreso sul serio chi si fosse mosso per primo, si staccarono di scatto.

«Lo hai fatto davvero,» commentò Kairan.

Non stava ridendo più, semmai aveva un'espressione sciocatta. Se non fosse stato certo che l'amico era impossibile da mettere in imbarazzo, avrebbe giurato di intravedere una sfumatura rosata sulla pelle più scura della propria.

«Sì.»

«Tutto per non farmi fumare?» gli chiese, serio come lo aveva visto solo raramente. Lucien ebbe l'improvvisa sensazione di star camminando su uno strato di ghiaccio sottilissimo. Che gli sarebbe stato sufficiente un passo incauto o nella direzione sbagliata per precipitare, senza seconde possibilità.

Deglutì, alla ricerca del controllo sulle corde vocali annodate.

«Anche.»

Gli si era avvicinato prima ancora di rendersene conto, ma Kairan lo stava guardando senza ritrarsi di un millimetro. Invece abbassò un istante lo sguardo sulle sue labbra, labbra che Lucien poteva giurare di sentire marchiate da un respiro che sapeva d'inverno.

Il bacio, questa volta, parve una conseguenza inevitabile.

Non ci fu nulla di esitante mentre le loro bocche cozzavano l'una contro l'altra. Il rumore del proprio cuore copriva ogni altro suono, salvo un gemito per cui si sarebbe vergognato se non ne avesse udito uno identico da parte dell'amico. Divise le labbra per approfondire quel contatto e quando gli toccò la lingua con la propria fu attraversato da un'esplosione di calore rovente, così indolore se paragonata ai suoi primi esperimenti con l'Exous.

Respirò a fondo mentre quelle nuove percezioni gli invadevano i nervi.

Tutto ciò che sentiva e respirava era Kairan. Sollevò una mano per posargliela sulla guancia e farla scivolare sui suoi capelli, così da mantenerlo contro la propria bocca. Le dita di Kairan erano già strette alla sua tunica, c'erano denti ad accompagnare i movimenti della sua lingua, e lui era più che felice di ricambiare con la stessa urgenza, di esplorargli la bocca, di mordergli piano il labbro inferiore, fino a strappargli un basso gemito che sarebbe stata la sua morte.

Quando si staccarono, il leggero rossore sulle guance dell'amico non era più frutto della sua immaginazione.

«D'accordo,» commentò Kairan, lasciando già intravedere il solito sorrisetto. La sua voce, però, non aveva nascosto una nota ansante. «Credo che non fumerò.»

Gli sorrise anche lui.
«Meglio.»
Gli circondò le spalle con un braccio e lo attirò contro il proprio fianco, prima di ricercare un altro bacio con il petto che gli scoppiava per la felicità.

… MARY DURANTE

Capitolo 7

Kairan si guardò attorno nella camera estranea. Era grande il doppio di quella che aveva condiviso con Lucien, con un caminetto e un letto su cui avrebbero potuto dormire due persone.

«Quanti anni hai, diciassette? Ormai ti sei guadagnato un posto tutto tuo,» gli aveva detto Adon, prima di dargli la chiave.

E il suo primo impulso era stato di restituirgliela.

In quell'ambiente troppo ampio per una persona sola, il silenzio gli portava alla mente pensieri spiacevoli, i fantasmi del suo passato gli scorrevano sulla schiena in un brivido gelido per ricordargli da dove veniva e i baci scambiati con Lucien prendevano forma e lo tormentavano con qualcosa di molto simile alla nostalgia.

Dei passi pesanti anticiparono di un solo istante il calore familiare che lo avvolse come un abbraccio invisibile.

Lucien entrò senza bussare, con le mani nelle tasche del cappotto.

«Ti piace?»

«Me l'aspettavo più piccola.»

Quando l'amico si stese sul suo letto quasi ne fosse il padrone, Kairan gli si sedette accanto con un sopracciglio inarcato.

«Non ce l'hai una camera tua?»

Una mano guantata si posò sulla sua nuca, per

poi attirarlo verso il basso.

«Sì, ma questa mi piace di più,» mormorò Lucien contro la sua bocca, un attimo prima di baciarlo.

Non ci fu nulla di più, quella sera. Come non c'era stato le precedenti. Solo labbra che si incontravano in quella danza ormai nota che si ripeteva da mesi.

Dopo quel primo bacio, Kairan si era aspettato che Lucien pretendesse un impegno, un giogo a cui gli sarebbe stato così facile opporre un rifiuto e poi una fuga, in nome della propria libertà. Invece non gli aveva chiesto nulla. Era tutto come prima, solo che ogni tanto sentiva un respiro caldo contro le labbra e quel sapore familiare si appropriava della sua bocca. O, altre volte, Lucien si fermava appena prima del bacio, una tentazione a pochi centimetri dal suo viso, che gli faceva ribollire il sangue quasi avesse usato l'Exous su di lui per bruciarlo dall'interno.

Non aveva preteso nulla, accontentandosi di qualche contatto mentre rimaneva l'amico a cui Kairan era sempre stato accanto, e quello era un problema. Lo spingeva a desiderare di più la sua attenzione, i suoi baci. Lo spingeva a desiderare di essere suo.

***

«Lucien, se non ti sbrighi comincerò a pensare che dovresti metterti a dieta,» lo provocò mentre sfrecciava tra gli alberi.

Una fiammata si alzò all'angolo del suo campo visivo.

«Non ci metterei così tanto se tu avessi fatto la tua parte, anziché scappare via e lasciarli tutti a me.»

Kairan rise prima di fermarsi e, con un arco della mano, mandare uno strale di potere a congelare due avversari di Lucien. Aveva sempre amato combattere durante la pioggia.

Due secondi più tardi si trovarono schiena contro schiena, lui con una coppia di lame troppo lunghe per essere semplici pugnali e Lucien con il suo spadone a due mani.

Quando i mercenari che erano stati così suicidi da aver preparato un'imboscata si gettarono su di loro, fu l'amico ad accogliere il primo assalto mulinando la propria arma. Un fendente e un affondo, e di nuovo un fendente, senza pause, senza curarsi di scoprirsi.

Kairan era pronto e formò uno scudo di ghiaccio un istante prima che una freccia affondasse sul fianco scoperto di Lucien, poi uno dei suoi pugnali trovò il proprio bersaglio nel fogliame.

Ogni tanto si meravigliava di quell'atteggiamento avventato.

Sei il figlio del capo, come puoi fidarti di me, che non sono nessuno?

Ma da quando combattevano assieme Lucien si era sempre mostrato sicuro che lui gli avrebbe guardato le spalle e metteva la propria vita nelle sue mani con una naturalezza che gli torceva il petto.

E, poco a poco, aveva imparato a combattere in coppia anche lui.

Lucien lo completava. Usava l'impeto per aprirgli dei varchi in cui colpire un punto vitale, era la distruzione su larga scala lì dove lui prediligeva un attacco più mirato o furtivo. Nessuno nei Ravik era in grado di tenere testa alla loro alleanza, nemmeno gli altri Portatori.

Colse con la coda dell'occhio uno dei briganti che lo prendeva di mira con una balestra, ma non cercò nemmeno di attaccarlo. Prima ancora che scoccasse la freccia era già intervenuto Lucien, una vampata di fuoco ad avvolgere quello stupido che aveva osato fronteggiarli.

Bastò una manciata di minuti perché lo scontro finisse. Quattro avversari erano morti, otto erano tanto feriti da non rappresentare un problema e tre erano scappati. Senza alcun desiderio di inseguirli, Kairan guardò pigramente Lucien che frugava nel proprio zaino.

«C'è tutto?»

«Sì.»

Adon sarebbe stato contento dell'esito della missione; non capitava spesso che la gente dello *slum* riuscisse a mettere le mani sulle mappe che riguardavano la Città Elevata – in questo caso l'acquedotto.

Mentre l'amico si sistemava lo zaino in spalla, riprese il fagotto che aveva abbandonato all'inizio di quella goffa imboscata, per estrarne una bottiglia ancora da stappare.

«Allora possiamo rilassarci un po'.»

L'occhiata di Lucien contenne una punta di esasperazione.

«È quello che temo?» gli chiese, andandogli

vicino.

«Già.»

«Hai rubato dalla scorta di vino pregiato di mio padre?»

Kairan trafficò con il tappo senza poter trattenere un sorriso. «Adon non sentirà la mancanza di una bottiglia. Credo.»

«Sai cosa ci farà se ci scopre?»

«Un motivo in più per bere, ora che il danno è fatto.»

Non pioveva quasi più. Al riparo sotto una roccia, si passarono la bottiglia mentre guardavano l'alba seduti sull'erba, fino a quando Kairan non cominciò a sentirsi girare la testa e tutto non iniziò a sembrare così semplice.

Stava giusto dibattendo se fosse una buona idea cercare la bocca di Lucien e magari andare oltre il bacio, magari scoprire quanto fosse caldo il suo corpo sotto il cappotto e la camicia di tela, sotto i pantaloni, quando l'amico posò la bottiglia vuota a terra con abbastanza forza da farlo sussultare.

«Come ti è sembrata?»

Kairan non gli chiese a cosa si riferisse. Per essere la loro prima missione nella Città Elevata, questa si era dimostrata deludente. Quel luogo di ordine e ricchezza in totale contrasto con lo *slum* non era l'ambiente per lui. Avrebbe voluto rovinarlo, portarvi il sangue e la violenza tipici dello *slum* per vedere come avrebbe reagito quella gente vestita di pizzo e ipocrisia. E se quella era solo la periferia, chissà come doveva essere il centro di Teyan, come doveva essere l'area abitata dai nobili più potenti, dal Reggente, e non da semplici mercanti.

«Fastidiosa. A te?»

«Pensavo che fosse migliore,» gli rispose Lucien lentamente. «Quasi come il Giardino dei Nove.» Le sue dita non avevano ancora smesso di giocare con il bordo della bottiglia. «Invece non è tanto diversa dallo *slum*. Clan che si combattono senza sosta e nobili corrotti che sfruttano la gente comune. L'unica differenza è che nella Città Elevata per i regolamenti di conti si sfruttano cavilli e marchette.»

Kairan scrollò le spalle.

«L'umanità è la stessa dappertutto.»

Il silenzio scese a portarsi via quelle parole. Il cielo ormai stava perdendo la sfumatura rosata dell'alba. Avrebbero dovuto alzarsi e tornare nel loro territorio prima di venire sorpresi da qualche nemico, ma Lucien non sembrava propenso a muoversi.

«Ehi, Kairan,» mormorò con uno strano tono di voce. Quando lui si girò a fissarlo, gli occhi dell'amico parvero di sangue. «Andiamo via.»

«Ora?»

«Un giorno. Al di là del Mare Eterno. In un posto dove non ci sono *slum*, clan o nobili. Dove si può semplicemente vivere, senza lottare sempre.»

Kairan si ricacciò in gola una risata.

«Non ti sembra di essere un po' troppo sognatore?»

«Forse. Ma non credo che tutto finisca qui, a Teyan.» Lucien abbassò lo sguardo sulle proprie gambe. «Potremmo andarcene. Solo tu e io.»

«E tuo padre?»

«Se ne farà una ragione.»

Kairan non gli rispose, non era sicuro di poter mantenere la voce convincente se avesse dovuto trovare le parole. Invece si appoggiò a lui con un sospiro, la guancia sulla sua spalla e il fianco contro il suo.

Era sempre caldo, Lucien. E lui a volte si sentiva gelare, come se l'Exous lo stesse divorando dall'interno. Come se non avesse avuto il sangue a scorrergli nelle vene, non avesse avuto il cuore. Solo una distesa fredda e morta.

MARY DURANTE

Capitolo 8

«Buon compleanno.»

Con quell'esordio, Lucien ebbe il raro piacere di prendere Kairan di sorpresa. Non che lui glielo avesse mostrato in modo esplicito, ma il lampo di confusione comparso prima che inarcasse il sopracciglio gli era bastato.

«Non è il mio compleanno.»

Si sedette sul letto mentre gli tendeva la bottiglia che aveva preso dalle scorte di suo padre. «Sicuro?»

«Non so nemmeno quando compio gli anni.»

Lucien lasciò scivolare via quel commento senza soffermarcisi, perché era un rimando troppo palese a quanto differente fosse stata la loro infanzia.

«Non importa. Resta il giorno in cui festeggiamo.»

Kairan afferrò la bottiglia e se la rigirò tra le mani con uno sguardo di apprezzamento.

«Questa non la rifiuto di certo. Ne è passato di tempo dall'ultima volta che abbiamo avuto il vino di tuo padre.»

Una smorfia gli si disegnò sulle labbra.

«Ho ancora male alle spalle per la sua punizione. Mai pulito così tanti cessi in vita mia.»

Kairan rise. «Nemmeno io. Però ne è valsa la pena.»

«Come varrà per questa. Spero.»

Lo guardò mentre apriva la bottiglia prima di

porgergli i bicchieri che si era premurato di portare. Con l'aroma del vino ad accarezzargli le narici, perfino quella stretta nervosa allo stomaco non lo disturbava più, lasciando spazio a un pizzicore d'aspettativa.

Bevvero in silenzio la dose generosa che Kairan aveva versato a entrambi, prima che lui inclinasse la testa, lasciando oscillare il bicchiere vuoto tra le dita.

«So che non si tratta davvero del mio compleanno.» Si bloccò solo per riprendere la bottiglia, solo che questa volta se la portò direttamente alla bocca, per poi tendergliela con uno sguardo serio. «È lo stesso giorno in cui sei anni fa sono entrato a far parte dei Ravik.»

Lucien la prese e bevve automaticamente, più impegnato a fissare l'amico e a seguire la scia di una goccia rosata che gli stava scendendo dalle labbra. Quando la lingua comparve a raccoglierla, gli partì un brivido caldo alla base della colonna vertebrale.

«Già.»

Un altro passaggio di bottiglia, altro alcol che bruciava piacevolmente mentre le incertezze con cui aveva dovuto scontrarsi per entrare in quella camera si spegnevano in un ronzio. Fu Kairan ad aggiudicarsi l'ultimo sorso, per poi puntargli contro uno sguardo di gran lunga troppo sobrio per chi aveva bevuto oltre metà della bottiglia.

«Non dovremmo festeggiare la tua futura promozione, piuttosto? Ancora tre giorni e sarai ufficialmente il comandante in seconda dei Ravik.»

E tu il mio braccio destro, e nulla di tutto questo conta perché questo momento appartiene solo a noi.

Non a mio padre, non al nostro clan, non allo slum.
Di nuovo l'immagine della goccia vagabonda.
Dei, quanto lo voleva.
«Non è così importante.»
Kairan si protese verso di lui, labbra umide piegate in un sorrisetto, sguardo che brillava, respiro di neve con il sottofondo speziato dovuto al vino.
«Tu dici?»
«Dico.»
E poi Lucien perse la lotta contro i propri impulsi e lo baciò. Come in tutte le volte che lo aveva fatto in passato, la bocca di Kairan si schiuse sotto la sua al primo tocco della lingua. Sapeva di fresco e dello stesso alcol che gli ardeva nello stomaco, e di tutto ciò che lui aveva mai desiderato assaggiare. Nessuno degli altri due ragazzi che aveva baciato in quegli anni lo aveva mai fatto sentire come gli succedeva con Kairan. Aveva provato quasi per una sfida verso se stesso, e invece gli era servito solo per ammettere che il ragazzo a cui aveva dato il suo primo bacio era anche quello che avrebbe voluto continuare a baciare per il resto della vita. Quando si staccò, grato di aver mantenuto il controllo a sufficienza da avergli solo stretto le spalle, c'era una mano fresca posata sulla guancia e un ghigno poco raccomandabile ad accogliere i suoi occhi sgranati.

«Stai cercando di sedurmi, Lucien?»
«Tu saresti d'accordo?»
Senza perdere il sorriso, Kairan lo afferrò per la nuca e lo attirò contro le proprie labbra. Fu un bacio diverso dai precedenti, molto più urgente, e presto lui

si ritrovò a esplorargli il torace sotto la camicia bianca – perché poi l'amico dovesse indossare una camicia e tenere slacciati metà dei bottoni era un mistero –, dita che frugavano senza averne abbastanza mentre gli divorava la bocca.

Il respiro gli si era già spezzato in ansiti, ma poteva sentire l'amico che reagiva al suo tocco, che esponeva il collo ai morsi, che gli si aggrappava ai vestiti.

Quando abbassò la mano verso i pantaloni, però, Kairan si irrigidì.

«Aspetta.»

Si bloccò subito, in preda a un timore che non lo coglieva neanche sul campo di battaglia. Non riuscì nemmeno a chiedergli spiegazioni mentre si limitava a fissarlo con il cuore in gola.

«Voglio sentire le tue mani, non del cuoio.»

Il sollievo lo invase con tale rapidità che avrebbe riso. Si ritrasse di scatto e si tirò via i guanti con due gesti decisi. «Non ci avevo pensato.»

«Di solito scopi con i guanti?»

Quando lui non si degnò di rispondere, Kairan scoppiò a ridere.

«Oh, Lucien. Non dirmi che questa è la tua prima volta.»

Si ritrovò ad arrossire suo malgrado.

«Taci.»

Le mani nude all'improvviso gli sembrarono inutili e fin troppo visibili. Se le posò sulle gambe, con la netta sensazione di essersi appena imbarcato in un'iniziativa idiota.

«Sono davvero il primo uomo con cui vai a letto?» gli chiese Kairan.

Fu l'assenza di derisione in quel tono gentile a spingerlo a incontrare di nuovo il suo sguardo.

«Sì.»

L'espressione dell'amico si addolcì, in un modo che gli contrasse il petto. Poi Kairan gli prese il polso destro e gli baciò il palmo, un bacio per ogni dito e labbra che percorsero ogni rilievo di pelle ineguale, ogni centimetro di cicatrice. Quando passò alla mano sinistra, Lucien si rese conto di tremare.

L'eccitazione c'era ancora, un nodo al ventre più rovente del suo Exous, ma già sapeva che si sarebbe ricordato per sempre di quei contatti. Era così concentrato sulla sua bocca che fu una sorpresa quando la camicia bianca si aprì in un fruscio, per rivelare ampie porzioni di pelle bronzea. Sbatté le palpebre, e ritrovò in Kairan il sorriso portatore di guai con una sfumatura più maliziosa.

«Ora prova così.»

Senza la barriera del cuoio, toccarlo fu un'esperienza del tutto nuova.

Il suo corpo era caldo, per quanto non bollente, e parve fremere al contatto con il suo palmo.

Lucien si ritrovò ad ammirare il contrasto tra le proprie mani, pallide e segnate, e il suo torace più scuro, quasi del tutto privo di cicatrici. Poi il bisogno di avere di più gli rese il tocco frenetico. Lo esplorò con un'urgenza crescente, in punta di dita e con le unghie, e man mano che scopriva il corpo dell'amico in modo così intimo sentiva ogni cosa: l'improvviso spezzarsi del suo respiro, quando passò un'unghia su un capezzolo; i muscoli duri del ventre, di cui avrebbe potuto tracciare ogni linea; il suo cuore, che a dispetto di quella piega provocatoria delle labbra batteva rapido quanto il proprio.

Quando portò le dita sui suoi calzoni e tornò a reclamare la sua bocca, Kairan si animò all'improvviso. Dita che sembravano incapaci di esitare si insinuarono sotto i suoi vestiti, a slacciare, tirare e togliere, e in breve quel bacio divenne una lotta a chi spogliava prima l'altro.

Per Lucien fu una piccola soddisfazione notare che i suoi movimenti erano frenetici quasi quanto i propri.

Erano entrambi nudi quando finalmente si staccarono per riprendere fiato. Entrambi ansimanti.

«Spero che tu abbia portato l'olio.»

Perfino la voce di Kairan aveva perso un po' della provocazione in favore di una nota più roca, anche se in un attimo fu solo una parola a riempirgli la mente.

L'olio. Allora vuole. Vuole davvero.

Allontanarsi da lui fu quasi doloroso, ma si gettò sui calzoni lasciati sul pavimento per recuperare la fiala che aveva sgraffignato dalle scorte del magazzino. Quando gliela porse, Kairan la soppesò, prima di lasciarla sul materasso.

«Immagino che tu voglia stare sopra,» gli disse poi, e di nuovo il suo timbro era cambiato per raggiungere un sottofondo più morbido.

Lui annuì, la gola troppo secca per comunicarlo a

parole.

Era così che lo aveva sempre immaginato tra loro, fin da quando Kairan aveva cominciato a portare quei calzoni neri che gli fasciavano il culo come una seconda pelle.

L'amico si distese sul materasso, le gambe appena aperte e l'erezione in bella vista, come un dipinto osceno.

«Prego, allora.»

Lucien si ritrovò congelato sul posto. Sarebbe rimasto lì per sempre, per ammirare quell'immagine e imprimersela sulla retina così da tenerla sempre con sé – pelle nuda color del bronzo sul lenzuolo bianco, capelli cupi sparsi sul cuscino, un corpo all'apice della forma che non aveva perso le proporzioni snelle di quando era solo un ragazzino. Kairan, eccitato e pronto per lui, come lo aveva sognato negli ultimi anni. Un terrore improvviso si scontrò con il suo desiderio, la paura di sbagliare, di tradire la sua fiducia con una mossa falsa.

Un sopracciglio sottile guizzò verso l'alto, seguito da un'occhiata perforante di un paio di iridi azzurre.

«Cosa stai aspettando?»

«Nulla.»

Lo sovrastò mentre ricacciava quel panico in un angolo della sua mente e cominciava a toccare ciò che prima aveva solo contemplato. Kairan aveva ancora quell'espressione divertita, e Lucien cercò di rimangiarsi l'irritazione nel vederlo così sicuro di sé e tranquillo, quando per lui era un'esperienza del tutto nuova.

Sapeva che scopava in giro e che aveva avuto svariati uomini e donne tra i Ravik, e forse anche tra gli informatori che abitavano nella Città Elevata. Una consapevolezza che gli torceva lo stomaco e lo infiammava di un rancore difficile da giustificare. Aveva esitato, aspettando, scoprendo una pazienza che non gli era mai piaciuta, perché sospettava che se lo avesse incalzato l'amico si sarebbe solo allontanato di più. Ma nei suoi pensieri c'era sempre quel bisogno di ottenere la certezza che Kairan fosse suo, solo suo.

Gli passò le mani sui fianchi stretti, stringendo fino a lasciare l'impronta delle proprie unghie.

Nessuno avrebbe dovuto vederlo nudo, la pelle abbronzata in piena vista, l'uccello duro.

Si chinò a mordergli il bacino, a fondo, e Kairan si inarcò con un urlo strozzato.

Nessuno avrebbe dovuto toccarlo e strappargli gemiti e generare nei suoi occhi quel velo di piacere che gli ingentiliva l'espressione beffarda.

Un morso all'interno coscia lo fece sussultare.

«Lucien,» pronunciò in un gemito e, quando lui alzò lo sguardo dal suo inguine per fissarlo negli occhi, si rese conto che Kairan non aveva avuto intenzione di lasciarsi sfuggire il suo nome.

Lo assaporò ugualmente, più dolce di una vittoria. Fu l'incentivo che gli servì per proseguire, per aprire la fiala, versarsi l'olio su una mano e provare a spingere un dito dentro di lui. Lo penetrò con cautela, senza osare avanzare più di un millimetro alla volta.

Subito Kairan si premette contro la sua mano.

«Non sono fatto di vetro.»

Lui non si mosse ugualmente. «Non voglio farti male.»

Uno di quei lampi indecifrabili attraversò lo sguardo dell'amico, prima che gli sorridesse.

«Non me ne farai.»

Una mano gli afferrò il polso, mentre l'altra gli si posò sulla nuca. Poi Kairan lo spinse del tutto dentro di sé e il dito scivolò senza difficoltà, tra l'olio e il suo corpo rilassato. Lucien tremò nella sua presa. Era così stretto, così intimo, che il suo uccello ebbe un sussulto. Cominciò a muoversi in lui, dentro e fuori, guidato dalla propria eccitazione e impazienza e non più dal tocco dell'amico.

«Ora metti il secondo,» gli mormorò lui prima di spingerlo contro la propria bocca.

Lucien lo assecondò senza staccarsi dalle sue labbra, senza capire se con i baci cercasse di distrarre lui o se stesso. Si sforzò di prepararlo il più possibile, richiamando alla mente le imbarazzate conversazioni avute al riguardo con Sergel, che andava solo con gli uomini, o con Lein, che andava con entrambi i sessi. All'ennesimo affondo, toccò qualcosa che fece sussultare Kairan come lo avesse ferito, solo che il gemito uscito dalle sue labbra non sembrava di dolore.

Invece le schiuse in un ansito, incontrando il suo sguardo con gli occhi lucidi.

«Basta così.»

Lucien aveva appena ritirato le dita quando lui gli prese l'erezione con una mano umida di olio, e allora non gli rimase che rovesciare la testa all'indietro con un gemito, tentato di venire semplicemente così, per il suo tocco.

Solo quando lo sentì scomparire si riprese a sufficienza da ricordare cosa desiderasse in realtà. Si posizionò su di lui e gli bastò premere l'uccello tra le sue natiche, un contatto appena, per trovarsi senza respiro.

«Pronto?» esalò contro le sue labbra, con l'ultimo barlume di lucidità che gli rimaneva.

Kairan gli strinse le spalle.

«Per i Nove, sì.»

Entrare in lui fu più esaltante della prima volta che aveva controllato il proprio potere. Nulla di quello che aveva sperimentato con la propria mano avrebbe mai potuto competere con un decimo di quelle sensazioni. Calore e piacere gli bersagliavano i nervi, e il bisogno di avere di più era una fame che lo divorava, che gli irrigidiva le braccia e lo faceva tremare.

Si spinse in lui poco a poco, per non fargli male, ma cazzo se era difficile.

«Lucien,» gemette Kairan. Aveva allacciato le gambe attorno ai suoi fianchi, i talloni gli stavano premendo sulla schiena ed era così stretto che lui non riusciva a respirare.

Serrò i denti mentre si fermava, dentro solo a metà, e già quasi in agonia per l'intensità delle percezioni. Se non avesse proseguito, pensò che sarebbe morto in quell'istante. O sarebbe venuto, e non sapeva cosa fosse peggio.

«Lucien, se non cominci a muoverti subito giuro che ti congelo il cazzo.»

Con un gemito gli obbedì all'istante, una spinta più profonda del previsto, e all'improvviso fu del tutto dentro di lui.

Cazzo.

Per un attimo ebbe il terrore di raggiungere l'orgasmo così, prima ancora di cominciare. Chiuse gli occhi per non vedere il viso di Kairan, con le labbra schiuse in un gemito silenzioso e un rossore sempre più consistente a propagarsi sul suo viso.

Invece trattenne il respiro, si ritrasse con una lentezza tormentosa e affondò ancora. E di nuovo, strappando un gemito a entrambi. Quando si sentì abbastanza padrone di sé da poter posticipare l'orgasmo, accelerò e riaprì gli occhi.

Il letto aveva cominciato a scricchiolare, e forse chi fosse passato lì vicino li avrebbe sentiti, ma non importava. In quel momento c'era solo il piacere. E Kairan, che fremeva sotto di lui. Kairan che gemeva, che lo avvolgeva, caldo come non avrebbe creduto possibile, non quando lo aveva sempre associato all'inverno. Presto perse la lotta contro il proprio desiderio, finendo per spingersi in lui sempre più rapido, ma non ci fu alcuna protesta mentre mani familiari gli graffiavano la schiena, mentre gliela percorrevano fino ad arrivare alle natiche, per poi accompagnarle negli affondi.

Lo baciò sulle labbra, sul mento, sul collo. Un bacio per ogni spinta, per ogni gemito.

Ti amo.

Il corpo sotto di lui ebbe uno spasmo, e si rese conto che Kairan aveva abbassato una mano per

toccarsi.
Voglio farlo io. Lascia che lo faccia io.

Ma l'altra mano dell'amico era ancora intenta a tracciargli scie di eccitazione e urgenza sulla schiena, dolci stilettate di dolore quando affondava le unghie, e ormai Lucien era così perso nel piacere che non avrebbe potuto fermarsi nemmeno se il tetto gli fosse crollato sulla testa.

Ti amo.

Si morse l'interno della guancia per non perdere il controllo. Per non liberare il fuoco che gli bruciava dentro le vene e rumoreggiava in attesa di un cedimento per ridurre in cenere ogni cosa. Per non arrivare all'orgasmo prima di Kairan, che aveva unghie di ghiaccio piantate nella sua schiena.

Lo sentì venire alla sua nuova spinta, muscoli che si contrassero attorno al suo uccello regalandogli altre scariche di piacere fino a quando non fu tutto troppo. E finalmente, *finalmente*, con un gemito roco venne anche lui.

Rimasero a guardarsi entrambi ansimanti, scambiandosi il respiro, ancora uniti e con il corpo che tremava.

Solo quando il cuore tornò a battergli a un ritmo accettabile, Lucien si ritrasse da lui, ma perfino con il piacere ancora bollente nei nervi non riuscì ad allontanarsi davvero. Gli si sdraiò accanto mentre si specchiava nei suoi occhi. Era bello, Kairan. Con ciuffi di capelli sparati in tutte le direzioni, le labbra che portavano il segno dei loro baci, gli occhi privi di ombre a spiccare luminosi su un viso sereno.

Ti amo.
Avrebbe voluto averlo così per sempre.

Gli accarezzò la guancia, per una volta senza vergognarsi delle cicatrici che gli deturpavano la mano. Poi ricercò la sua bocca a labbra chiuse, solo per il bisogno di sentirla contro la propria.

Al primo contatto tra le loro labbra, Kairan si staccò con un sussulto. Era diventato pallido, sotto la pelle abbronzata, e Lucien si ritrovò con una morsa allo stomaco.

«Che c'è? Ho fatto qualcosa che non va?»

L'amico scosse la testa, sempre con gli occhi sgranati, con quel pallore innaturale.

«No.» La sua voce suonò stranamente strozzata. «È stato bello.»

«Bello va bene.» Deglutì mentre il silenzio si faceva più profondo. «E se volessi renderlo splendido?» gli chiese dopo qualche secondo, sentendosi un idiota.

Al contrario delle sue aspettative, Kairan non rise. Invece gli portò una mano sul torace, un tocco appena palpabile. «Puoi stringermi fino a domani?»

Lo avvolse tra le braccia prima ancora di lasciargli finire la frase.

«Certo.»

Avrebbe fatto ogni cosa per regalargli la felicità.

MARY DURANTE

Parte Seconda – Presente
Fire

MARY DURANTE

Capitolo 9

«Ti ucciderò.»

C'erano lacrime sul viso di Lucien mentre lo urlava, il suo Exous che lo ricopriva di fiamme scarlatte come uno scudo. Kairan non poté fare altro che ridere, ridere fino a sentirsi dolere le labbra, fino a quando la stretta sul proprio torace non annegò in mezzo a quel suono.

Poi ci furono solo le armi che ricadevano al suolo. Solo ghiaccio che cedeva sotto un pugno rovente. Solo l'eco della propria risata mentre metà viso pulsava d'agonia e la persona con cui aveva condiviso sei anni della vita scompariva con l'odio nella voce e la disperazione nello sguardo.

Era debole, Lucien, sempre così debole.

Si posò una mano sulla guancia ferita, richiamando il proprio potere a sopire il bruciore che gli divorava il viso, e quando un velo tremolò davanti ai suoi occhi diede la colpa al dolore.

Lo scudo si allargò a schermargli l'intero corpo proprio quando Lucien gli lanciò contro una fiammata. Prima che si sciogliesse, Kairan si era già inginocchiato per inviare una striscia di ghiaccio lungo il pavimento fino ai suoi piedi. Li intrappolò in una morsa cristallina fino alle caviglie per una preziosa manciata di secondi, prima che giungesse una vampata di calore a spezzarla.

Non importava, perché quella tregua gli era stata sufficiente ad allontanarsi dalla balaustra e guadagnare dello spazio di manovra.

Due pugnali si materializzarono tra le sue dita, le superfici gelide una rassicurazione in mezzo al martellare furioso del suo cuore.

Perché lui?
Perché proprio ora?

Ma non si era perso il commento di Lucien, quello che dimostrava senza ombra di dubbio che qualcuno sapesse della sua missione. *Zarek.* Doveva essere stato lui, l'unico che sapeva e che ne avrebbe avuto il coraggio.

«Chi mi ha venduto?» chiese, alla ricerca di una conferma.

Lucien saettò verso di lui.

«Ha importanza, se stai per morire? Questa volta non mi accontenterò di segnarti il viso,» ringhiò mentre sollevava la spada.

Non più il pesante spadone a due mani che Kairan ricordava dalla loro adolescenza, ma un'arma molto più maneggevole. Sarebbe stato più difficile trovare un'apertura nella sua guardia.

Ne evitò il primo fendente con uno scatto all'indietro, poi deviò il successivo con una lama di ghiaccio e lasciò passare un terzo affondo a un soffio dal ventre, mentre faceva partire tante schegge del proprio potere per attaccarlo dai tre lati.

Subito il fuoco crepitò tutto attorno a Lucien, senza lasciare alcun varco. Quando si dileguò, rivelando un corpo ancora illeso, l'odio che gli riempiva gli occhi cremisi era ancora più incandescente.

Kairan cominciò a girargli attorno con i due pugnali sguainati, gli occhi puntati sul globo rossastro che si stava generando sulle dita guantate. Sotto la maschera, la guancia sinistra aveva già cominciato a pulsare di vecchio dolore.

Fu lui a partire all'assalto questa volta, con entrambe le armi, piccoli affondi per saggiare la guardia del suo avversario. Una finta, un attacco reale, un'altra finta e la lama di ghiaccio che gli lasciava le dita, subito sostituita dalla gemella, ancora e ancora. E ogni volta incontrò solo l'acciaio o il fuoco, anziché la carne. All'ennesimo fendente che veniva bloccato dalla spada, si ritrasse appena in tempo per evitare un pugno incandescente al fianco.

Poi non poté fare altro che mettersi sulla difensiva, deviare l'acciaio prima che gli calasse su una spalla, evitare le strali di fuoco che si susseguivano sempre più ardenti, sempre più furiose.

Indietreggiò di tre passi, con il respiro affannoso e una sensazione bruciante sul braccio dove l'ultima fiammata era passata troppo vicina.

«Già finito?» La voce piatta di Lucien anticipò di un solo istante il suo scatto.

Era migliorato.

Niente più varchi da sfruttare o movimenti una frazione di secondo troppo lenti. Solo quell'assalto continuo, in cui il suo Exous si mischiava a fendenti brutali. Lucien stava mirando a uccidere.

Una risata gli si strozzò in gola.

Cosa ti aspettavi?

Schivò la sua spada con una capriola a lato, mentre dalle mani gli partivano due lame di ghiaccio. Lucien le *bruciò*, le bruciò letteralmente con una fiammata tanto intensa da mozzargli il respiro. Poi fu su di lui, più rapido di quanto lo avesse mai visto. Kairan si chinò appena in tempo e sentì la lama sfiorargli i capelli mentre la maschera cadeva a terra.

Di nuovo il ghiaccio si propagò dalle sue dita, nuovi pugnali che contro quell'avversario sarebbero durati solo pochi secondi. Aveva bisogno di tempo. Di tempo e di un'arma d'acciaio, peccato che non avesse nessuna delle due cose. Già poteva cogliere un vociare nella sala sottostante, accompagnato dal clamore di passi pesanti e tintinnio di armatura.

Tanti preparativi, tanto denaro speso per nulla. Ma ora la sua priorità era rimanere vivo. Continuò a indietreggiare, a perdere terreno poco a poco, mentre Lucien lo incalzava con la spada e con il fuoco e ogni proprio attacco si dissolveva in quella furia vermiglia.

Tutto ciò che poteva fare Kairan era allontanarsi ancora di più dalle gradinate. Le guardie li raggiunsero dai due lati proprio quando lui aveva solo un metro scarso tra la propria schiena e il muro.

«Sono qui, tutti e due.»

Mentre evitava all'ultimo secondo un altro affondo, sentì l'acciaio di spade che strusciavano contro il fodero, la corda degli archi che veniva tesa. Non aveva il tempo di guardarli, ma erano abbastanza da metterlo in difficoltà, se già non avesse avuto un avversario ancor più pericoloso da fronteggiare.

Possibile che finisca tutto così?

Arretrò ancora, con il potere pronto a esplodere tutto attorno a lui, la mente che saettava alla disperata ricerca di un piano.

«Attenti, sono Portatori. Uccideteli subito.»

La rabbia sul viso di Lucien lasciò spazio alla sorpresa.

«Che cosa?»

Per un attimo quell'assalto impietoso vacillò, mentre la sua attenzione si spostava verso il clangore di guardie in armatura.

A Kairan bastò per scattare a lato, una mano stretta al pugnale diretto al suo collo, l'altra tesa all'indietro per generare una barriera, con cui sperava di bloccare qualunque attacco da parte degli uomini del Reggente.

Era troppo vicino perché Lucien potesse richiamare il fuoco per difendersi, troppo rapido perché sollevasse la spada per intercettare il suo pugnale. Aveva vinto.

Il suo fendente si bloccò prima ancora di sfiorargli la gola, la lama stretta da una mano guantata. Si trovarono faccia a faccia, entrambi ansimanti, mentre Kairan vedeva la propria morte incisa in quello sguardo furioso. Poi serrò le palpebre un istante, appellandosi al proprio potere, e la barriera di ghiaccio li ricoprì appena in tempo per schermarli dalle prime frecce.

«Ci hanno venduto,» sibilò, quando riaprì gli occhi, la voce che tremava per lo sforzo.

«Sei tu il criminale qui, non io.»

Avrebbe riso se la guancia non gli stesse pulsando così tanto e se il pugnale di ghiaccio non avesse cominciato a sciogliersi sotto la presa di quelle dita.

«Hanno parlato al plurale. Li hai sentiti. E sai come la pensa il Reggente su quelli come noi.» Cominciava a mancargli il respiro per la fatica di mantenere solida la propria barriera, soprattutto in presenza di un Portatore del fuoco che non sembrava incline a rendergli le cose facili. Ma non aveva più nulla da perdere, niente più missione, l'unica cosa che contava era uscirne vivo. E, con Lucien, poteva vedere almeno un modo per riuscirci. «Sei disposto a morire pur di uccidermi?»

L'odio di quegli occhi cremisi gli fece temere una risposta affermativa.

«Ci sto pensando.»

«Pensa veloce, perché è proprio quello che succederà quando demoliranno il mio scudo.»

Un'altra scarica di frecce si abbatté sulla barriera, e fu come se gli fossero penetrate nel corpo. Lasciò andare il pugnale, che ricadde al suolo infrangendosi in una pozza d'acqua, quindi usò entrambe le mani per alimentare il ghiaccio che li schermava.

Dita guantate si strinsero di scatto alla sua gola.

«Dovrei ucciderti ora. Prima che lo facciano quelle guardie.» Quei lineamenti familiari si incupirono ancora di più, prima che la presa si dileguasse. «Cosa proponi?»

«Tolgo lo scudo e tu usi l'Exous.» *Il solito*

piano. Gli bruciò la bocca quando si impedì di pronunciarlo. Una crepa si disegnò sul lato più esposto della barriera. Poi una seconda, e le sue tempie pulsavano per la concentrazione con cui attingeva al proprio potere. «La porta dei servitori. Attacchiamo le guardie assieme, oltrepassiamo la porta, cerchiamo una via per l'esterno. Il lago non sarà un problema.»

Un lungo istante di silenzio. Un'altra crepa. Una quarta. La testa che sembrava in procinto di spaccarsi, la vista che gli si offuscava, solo quegli occhi scarlatti che rimanevano vividi e accusatori.

«Facciamolo.»

«Pronto?»

Lucien non rispose, ma Kairan sentì il fuoco pulsare tutto attorno a loro.

«Ora,» mormorò, prima di inginocchiarsi e dissolvere nel contempo la barriera.

Una fiammata si espanse sopra la sua testa fino ai soldati, rendendo l'aria irrespirabile. Lucien aveva già cominciato a correre e lui lo seguì, approfittando dello stordimento e delle urla di chi era rimasto ustionato per passare tra i loro ranghi e giù per le gradinate.

Saettarono tra le guardie ancora illese in un turbinio di calore e adrenalina, mentre il fuoco li avvolgeva, seminando il panico tra chiunque cercasse di fermarli. Kairan usò un po' del potere che gli restava per proteggersi dalla temperatura troppo intensa, poi si gettò nella porta adibita ai servitori, giù per un'altra rampa di scale, attraverso una cucina tra le grida delle cuoche e delle sguattere, su per un corridoio, sempre con Lucien a un soffio di distanza, spada in pugno ed Exous che si dibatteva tutto attorno a lui, pronto a colpire chiunque si stagliasse sul loro cammino.

Una porta sbarrata non resistette alle fiamme e finalmente si ritrovarono all'esterno. Abbatterono le ultime tre guardie con due rapidi fendenti, spadone e pugnale che diedero la morte in una frazione di secondo, quindi raggiunsero l'estremità dell'isola.

Sentendo lo sguardo di Lucien su di sé, Kairan si chinò sul lago. Rigido per la tensione, mentre non sapeva se dovesi aspettare un attacco alle spalle, si concentrò per richiamare ancora una volta il proprio potere, ignorando la stanchezza.

Poco a poco l'acqua in superficie cominciò a congelarsi, una striscia larga a sufficienza per percorrerla in fila indiana. Andò per primo, le mani tese davanti a sé per continuare a creare un percorso di ghiaccio attraverso il lago.

«Trattieni il tuo Exous, a meno che tu non voglia affogarci entrambi,» ansimò.

«Potrebbe essere un'idea allettante.»

Ma la temperatura attorno a Lucien parve calare di qualche grado.

«Se ci tenevi tanto al suicidio, potevi rimanere nel palazzo.» Un quarto del lago. No, quasi metà. E i rumori degli inseguitori si stavano avvicinando di nuovo, ma una volta raggiunta la riva opposta sarebbe stato in salvo. Strinse i denti e continuò a correre e a congelare, come unico imperativo a occupargli la mente. «Io voglio vivere.»

«Ed è quello che sai fare meglio, no? Vivere e

causare la morte di chi ti sta vicino.»

Senza voltarsi, Kairan sorrise con labbra insensibili.

«Vedo che in questi anni hai migliorato le tue risposte.»

Un grugnito fu l'unico commento che ricevette, ma non credeva avrebbe avuto le forze di ribattere ancora, se anche ci fosse stato qualcosa di più articolato. Si irrigidì al sibilo delle frecce che iniziarono a calare su di loro. Era troppo esausto per creare anche uno scudo, così continuò ad avanzare più rapidamente che poteva finché creava il ponte, pregando che l'oscurità della notte fosse sufficiente a ostacolare la loro mira.

Una freccia gli sfiorò la spalla, poi, con un balzo, Kairan raggiunse la salvezza della riva.

Lucien gli arrivò addosso l'istante successivo, dandogli uno spintone mentre proseguiva la propria corsa verso il bosco, e lui barcollò, senza fiato. Costrinse il proprio corpo esausto a muoversi ancora, a seguire quell'ombra che sembrava instancabile e saettava tra gli alberi.

Quando questa si fermò di scatto, quasi le finì addosso. L'attimo successivo si irrigidì: c'erano dei movimenti a pochi metri da loro. Uomini che camminavano nel bosco, rumori di acciaio alla loro destra, scricchiolii alla sinistra e sembrava che gli inseguitori non avessero ancora rinunciato alla caccia.

Erano circondati, senza cavalli, senza alleati, senza vie di fuga.

Chi lo aveva tradito doveva essersi assicurato

che non avesse alcuna possibilità di sopravvivere a quella serata. No, che nessuno dei due potesse farlo.

«Sembra che non vogliano proprio lasciarci andare.»

Lucien rinfoderò la spada e sollevò entrambe le mani.

«Posso dare fuoco a tutto il bosco.»

«Ci siamo anche noi nel bosco.» Man mano che i suoni si facevano più vicini, si aprì la giacca e prese la perla che aveva occultato nella tasca interna della camicia. Il suo tesoro più grande, che gli era costato tutti i guadagni di anni, ed era in procinto di sprecarlo così, per una missione andata a puttane nel modo peggiore e una fuga non pianificata...

Ma non avrebbe avuto un dopo se avesse cercato di risparmiarlo.

«Dammi la mano.»

«No.»

In un'altra vita avrebbe sbuffato. Se solo avere Lucien così vicino non lo stesse sfiancando quasi più dello scontro e della fuga.

«Ho un Rifugio,» si limitò a dire.

Scorse il lampo di comprensione nel suo sguardo, prima che dita guantate si posassero con evidente riluttanza sulle sue. Poi, quando insinuò un guizzo del proprio potere nella perla, il bosco scomparve e lui e Lucien fecero un passo in un'altra realtà.

Capitolo 10

L'improvvisa comparsa di quattro pareti dove prima c'era un bosco lo disorientò. Si guardò attorno con il fuoco che gli danzava sottopelle, prima di riconoscere una semplice camera spoglia, con due letti, uno scrittoio e una finestra.

E Kairan.

Bastò la sua vista per riempirgli la bocca di bile.

Rimase a fissarlo mentre le dita si serravano sulla spada come unico appiglio che riuscisse a dargli una parvenza d'equilibrio attraverso le emozioni che gli gonfiavano il petto. Aveva i capelli più lunghi di quanto ricordasse, raccolti in una treccia che portava adagiata sulla spalla sinistra. I suoi tratti erano più affilati, da adulto, lineamenti fini e regolari su cui non era difficile ritrovare il viso troppo familiare della sua adolescenza. Era ancora bello, forse più di quando era solo un ragazzo, perfino con la cicatrice che gli segnava una guancia.

Avrei dovuto almeno bruciargli l'occhio.

Li aveva ancora tutti e due, invece. Azzurro cupo senza fondo, freddi come l'elemento di cui era il padrone.

Kairan respirò a fondo prima di lisciarsi la giacca sfarzosa che aveva indossato per infiltrarsi a palazzo.

«Qui siamo al sicuro.»

Lucien si permise una rapida occhiata alla stanza, notando un cielo azzurro e soleggiato fuori dall'unica finestra.

Quel Rifugio era come li aveva sempre sentiti descrivere: luoghi appartenenti a un altro piano di esistenza, separati dal resto del mondo. Creati dagli sforzi congiunti di più Portatori, che racchiudevano una casa, un pezzo di terreno o una semplice camera in un oggetto d'uso comune, il catalizzatore. E lui e Kairan erano soli.

Lì nessuno li avrebbe disturbati.

In un battito di ciglia gli fu addosso, la spada premuta contro la sua gola.

«Davvero? Dopo che ti ho salvato la vita ammettendoti nel mio Rifugio?»

«Per una volta saresti tu quello che si è fidato della persona sbagliata.»

Lo fece arretrare fino a metterlo con le spalle al muro e costringerlo ad alzare il mento per sfuggire alla lama, mentre Kairan si limitava a tenere le mani lungo i fianchi. Nessuna variazione della temperatura, niente ghiaccio, forse era semplicemente troppo esausto per evocarne ancora.

«Se anche riuscissi a uccidermi, avresti ancora la folla di guardie lì fuori di cui occuparti, solo che dovresti farlo da solo. E non credo che tu conosca a fondo il funzionamento di un Rifugio.»

«So quanto basta. Posso sempre cercare il catalizzatore addosso al tuo cadavere.»

«Peccato che funzioni solo con il mio potere.» Kairan ricercò il suo sguardo, immobile al punto che non sembrava nemmeno respirare. «Uccidimi, e resterai qui per sempre.»

Durante lo scontro aveva perso la maschera e sotto la serietà di quei lineamenti più adulti affiorava ancora il ragazzo che per lui era stato quasi un fratello. Il ragazzo di cui si era innamorato. Quello che aveva distrutto il suo mondo.

La mano gli tremò, tentata di compiere quell'affondo definitivo, prima che con una smorfia conficcasse la spada nel pavimento in legno.

Kairan rilasciò un respiro per poi portarsi la mano alla gola, dove la pressione della lama aveva lasciato una linea di sangue.

Troppo poco. Ancora troppo poco.

«Come sapevi che sarei stato a palazzo?»

«Non sapevo che ci saresti stato tu.» Poteva ancora sentire la stretta che gli aveva attanagliato lo stomaco quando lo aveva visto sulla balconata, un'immagine capace di farlo barcollare come un pugno in pieno viso. «Sapevo che un assassino avrebbe cercato di uccidere il Reggente e sono stato ingaggiato per difenderlo.»

«E chi può avere avuto interesse a eliminare te dalla scena?»

Lucien serrò le labbra e non disse più nulla, le dita strette all'impugnatura della spada. Era quello che si era chiesto al grido delle guardie, quando si era reso conto di essere uno dei loro bersagli. Forse era stato Vinya, il burbero guerriero che lo aveva assoldato tre mesi prima tra i propri ranghi. Forse uno qualunque degli altri mercenari ai suoi ordini. In fondo, guadagnarsi l'approvazione del Reggente consegnandogli un Portatore era forse più allettante di tenersi il Portatore come alleato. Era stato stupido a cadere in una trappola tanto ovvia.

Cosa mi aspettavo, senza avere qualcuno a coprirmi le spalle? Era da anni interi che non provava la sicurezza di avere un clan di cui fidarsi. Era da prima che Kairan infrangesse quell'illusione.

Con un leggero sospiro, quel bastardo si staccò dal muro.

«Cosa fai?» gli chiese subito, di nuovo tentato dall'impulso di tenergli in ostaggio la gola con la propria lama, questa volta senza fermarsi prima di recidergli la carotide.

«Voglio dare un'occhiata al Rifugio, visto che sarà la nostra casa per diverso tempo.»

Gli si contrasse un muscolo della mascella. *Non abbiamo nessuna casa da condividere. Ci hai pensato tu, per quello.* Si curò di esalare piano l'aria e non muoversi di un millimetro, altrimenti lo avrebbe aggredito. Forse Kairan aveva scelto quella parola apposta per provocargli la sorda rabbia che gli pulsava di fuoco e rimpianto nella testa. Non sarebbe stata una sorpresa, da parte sua.

«Sarebbe questo il tuo grande piano?» sibilò quando fu certo di riuscire a parlare.

Kairan inarcò un sopracciglio.

«Questo?»

«Chi sta sul trono controlla tutta Teyan. Una volta ucciso il Reggente non ci sarebbe stato posto dove saresti stato al sicuro. Avresti passato la vita a nasconderti e a fuggire tra una notte nel Rifugio e l'altra? O avresti tentato la sorte attraversando il Mare

Eterno verso una delle terre inesplorate?» Quelle ultime parole gli bruciarono la lingua, portatrici di vecchi ricordi e vecchie ferite che non avrebbero dovuto trovare spazio nella sua rabbia.

Le labbra di Kairan si curvarono nell'ombra di un sorriso.

«Sappiamo entrambi che, se avessi portato a termine la missione, ora sul trono ci sarebbe qualcuno a cui non importerebbe mezza moneta di rame di punirmi. Anzi, forse mi avrebbe perfino ringraziato.»

«Peccato che tu abbia sbagliato i tuoi conti.»

Il sorriso rimase, ma gli occhi si strinsero. «E tu, allora? Pensavi davvero che il Reggente ti avrebbe lasciato libero dopo che sta cercando di rinchiudere o controllare la maggior parte di quelli come noi?»

Lucien si irrigidì ancora di più. Stava per sibilare una risposta, qualunque offesa gli fosse affiorata per prima alle labbra, quando Kairan sospirò.

«Non che importi, visto che ormai siamo qui.»

«Abbiamo sempre una possibilità di scelta.» E l'impugnatura della spada nella mano guantata ne era la prova.

Kairan sostenne il suo sguardo.

«L'abbiamo. Rimaniamo qui il tempo che si stanchino di cercarci. Poi usciamo e ognuno per la sua strada.» Scoprì i denti in un sorriso. «O, se preferisci, usciamo e saldiamo i conti.»

Lucien trattenne il respiro mentre l'Exous gli rumoreggiava nella testa, una tempesta pronta a inghiottire ogni cosa sul proprio cammino. Gli sarebbe piaciuto. Ridurre in cenere quell'ultimo legame con il passato, fingere che non fosse mai esistito, che non fosse mai stato parte della propria vita. *Solo che non si può, vero?*

Quando non rispose, l'espressione di Kairan tornò una maschera illeggibile e lui lo oltrepassò.

Attese di vederlo aprire la porta prima di seguirlo. Fuori dalla camera c'era un piccolo salotto, con tanto di tavola, due sedie e un caminetto. Un'altra porta conduceva all'esterno, e Lucien si sorprese di vedere che il Rifugio continuava, mostrando uno spiazzo d'erba e perfino un laghetto. Contrasse la mascella quando i ricordi del fiume, del loro isolotto, minacciarono di comparirgli davanti agli occhi.

Tanto erano tutte bugie.

Si concentrò invece sulla nebbia al di là dello specchio d'acqua e dall'altra parte della casa, che delimitava i contorni del Rifugio. Aveva portato con sé la spada e ne accarezzò l'elsa fino a quando quel contatto familiare non gli restituì un battito normale.

Quando riportò gli occhi su Kairan, lo trovò inginocchiato sulla sponda del laghetto, con una mano immersa nell'acqua.

«Non mi dispiace. È più grande di quel che mi aspettavo.»

Lo avrebbe volentieri preso a pugni.

Quando non gli rispose, lui si raddrizzò e lo oltrepassò senza più guardarlo. Lucien lo seguì di nuovo dentro quella piccola casa.

«Quanto dura il tuo Rifugio?» gli chiese. Cominciava già a sentirsi soffocare al pensiero di trascorrerci ore, perfino giorni, con lui come unica compagnia.

«Due settimane al massimo.»

Una smorfia gli prese forma sulle labbra. Un Rifugio così grande e con una simile durata era un vero e proprio tesoro.

«Su quante schiene hai piantato pugnali per potertelo permettere?»

Kairan si irrigidì prima di rivelare un sorriso.

«Il numero esatto non lo ricordo. Ha importanza?»

Nulla di te ha importanza, non più. Ma il fuoco che gli bruciava nel torace, dove non avrebbe dovuto esserci più nulla, gli svelava che era una bugia. Anche l'odio rappresentava un legame.

Quando il silenzio si prolungò, Kairan sciolse i muscoli delle spalle.

«Sarebbe meglio approfittarne per riposarci.»

Era stanco, lo poteva notare nei suoi movimenti più misurati, nel passo lento e privo della solita fluidità, e forse era per quello che non aveva reagito con prontezza alla sua ultima aggressione. Dietro la rabbia, sapeva di essere stanco anche lui. Quando posò la spada sul pavimento e si sedette con la schiena contro il muro, rivolto alla porta della camera, Kairan si girò a guardarlo con un sopracciglio inarcato.

«Ci sono due letti, in caso non li avessi notati.»

«Preferirei addormentarmi vicino a un nido di vipere che in tua presenza.»

«Come preferisci.»

Quell'ultimo commento più piatto dei precedenti fu il suo congedo. Lucien rimase con gli occhi puntati sulla porta anche dopo che Kairan l'ebbe oltrepassata e chiusa dietro di sé. Anche dopo che il fuoco nel suo torace ebbe lasciato spazio a una stretta molto simile all'amarezza.

Capitolo 11

Riaprì gli occhi nella stanza spoglia del Rifugio, con il sole sempre alto nello scorcio di cielo che si intravedeva fuori dalla finestra.

Lo odiava già.

Si stiracchiò e saggiò i muscoli doloranti, prima di costringere il proprio corpo ad alzarsi. Malgrado il sonno non si sentiva affatto riposato, solo incapace di rimanere ancora fermo a letto. E in realtà dubitava di avere dormito molto. Perlopiù si era ritrovato con gli occhi spalancati e le orecchie tese, troppo consapevole della presenza al di fuori della porta e dei suoi stessi ricordi, che premevano per sfuggire dai recessi in cui li aveva rinchiusi.

Quando entrò nel piccolo salotto, non si sorprese di trovare Lucien sveglio, nella stessa posizione in cui lo aveva lasciato. I suoi occhi lo trafissero e subito la temperatura aumentò di qualche grado.

«Buongiorno anche a te,» gli sorrise, o almeno ci provò, visto che le labbra sembravano volerlo ostacolare e rimanere tese in una linea sottile.

Avrebbe avuto più fortuna a parlare a una pietra.

Riuscì a occupare qualche minuto esplorando ogni centimetro della casa, anche se, spoglia com'era, non aveva segreti da rivelare, solo il minimo indispensabile per rappresentare un luogo di riposo e salvezza. Quasi scoppiò a ridere. Salvezza con l'uomo che gli aveva segnato il viso, con l'unica persona che aveva cercato di ucciderlo e che era ancora viva.

Le sue dita si alzarono per toccarsi la guancia, ma le fermò a metà strada, consapevole dello sguardo puntato sulla propria schiena. Non si sarebbe concesso una simile debolezza, soprattutto non con lui.

Alla fine dell'esplorazione, si arrese al fatto che non ci fosse nulla degno di interesse. Il mobiletto mimetizzato in un angolo conteneva due boccali, due piatti e due set di posate. Nient'altro. Lo stomaco gli si contrasse per la fame, come sempre gli succedeva quando dava fondo alle energie usando i propri poteri.

L'acqua non sarebbe stata un problema, avevano il laghetto o il suo ghiaccio, per quello. Ma non c'era traccia di cibo nel Rifugio, non che se lo fosse aspettato. Avrebbero dovuto rimanere a digiuno per uno o due giorni, prima di abbandonare quella casa.

«Vado a farmi un bagno,» commentò, senza nemmeno sapere come mai avesse sentito il bisogno di dirlo ad alta voce. Se alla ricerca di un suono che infrangesse quel silenzio troppo pesante, se come piccola provocazione.

Lucien non lo guardò nemmeno, sempre seduto contro il muro, sempre con la mano posata sulla spada.

Kairan uscì dalla casa ed ebbe la sensazione di stare fuggendo.

***

L'acqua fresca gli risvegliò i nervi in un'ondata di sollievo. Si passò una mano su tutto il corpo per togliersi di dosso il sudore della battaglia e gli strascichi di polvere e terra, di quell'odore di fuoco e cenere che si sentiva ancorato alla pelle come un nemico.

Non appena chiuse gli occhi, le immagini degli ultimi avvenimenti gli invasero la testa. Il suo primo fallimento durante una missione. Zarek, che a quanto pareva aveva scelto il modo più sicuro per disfarsi di lui – *in fondo sei solo un vigliacco, non hai neanche provato a sporcarti le mani.*

Lucien, l'ultimo degli incontri che si sarebbe aspettato.

Riaprì gli occhi verso il cielo terso. Non avrebbe pensato a lui. Solo al momento in cui sarebbe tornato alla realtà. Al momento in cui sarebbe tornato da Zarek e gli avrebbe mostrato come ripagava il tradimento.

Rimase a galleggiare assaporando la semplice percezione d'acqua pulita tutta attorno a sé.

Dopo che si sentì abbastanza rigenerato, fu il turno dei vestiti e li strofinò incurante di rovinare i delicati ricami della giacca. Tanto non gli sarebbero più serviti, una volta uscito dal Rifugio. Quando li giudicò puliti a sufficienza, li stese sull'erba nella speranza che quel sole fasullo potesse asciugarli, quindi tornò a immergersi nel lago.

Appena prima di scomparire nell'acqua, un pizzicore alla nuca lo spinse a girarsi, ma non trovò nessuno.

Quell'indifferenza gli appesantiva il torace suo malgrado, dopo che si era così abituato ad avere lo sguardo di Lucien su di sé, quando erano giovani. Di sapere che i suoi occhi lo seguivano, che lo

desideravano.
Forse avrebbe potuto perfino amarti.

Si immerse nel lago fino a quando non gli si richiuse sopra la testa, acqua che lo avvolgeva da ogni parte e gli dava l'illusione di poter soffocare i suoi pensieri. Pace. Finta quanto la casa, il cielo e il sole del Rifugio. Ma, per qualche prezioso istante, pace.

Al centro, il lago era profondo un paio di metri e per un attimo gli sarebbe piaciuto semplicemente rimanere lì, fino a spegnere la mente, fino a non dover più fronteggiare un presente vuoto.

Riemerse solo quando i polmoni cominciarono a bruciargli per la mancanza d'aria. Rimase poi a galleggiare sulla schiena, posticipando il più possibile il momento in cui avrebbe dovuto affrontare di nuovo la casa. Ma il sollievo che aveva provato con quel diversivo stava già scemando. I pensieri erano tornati, frammenti di ricordi, fantasmi di tocchi troppo gentili, la sua stessa risata che gli feriva le orecchie, quando in quel momento non riusciva nemmeno a produrre un sorriso.

Uscì dal lago con una smorfia.

I vestiti erano ancora bagnati per metà, ma non aveva voglia di aspettare che si asciugassero del tutto, così li indossò lo stesso.

Non gli importava. Era da tanto che non soffriva il freddo. E se il calore del corpo di Lucien premuto contro il proprio gli mancava, nei sei anni trascorsi dal giorno in cui le loro strade si erano separate aveva imparato a farne a meno.

Rientrò in casa con l'impressione di aver varcato

la cornice di un quadro, un'immagine statica in cui lui rappresentava l'unico elemento vivo: il tavolo, le sedie, la solita illuminazione di un sole perenne, Lucien seduto sul pavimento.

Ne sentì gli occhi accompagnare ogni suo passo, perfino quando si costrinse a non incrociare il suo sguardo. Con i vestiti appiccicati addosso e il disagio del tessuto bagnato contro la pelle, si lasciò ricadere sulla sedia più vicina con un suono umido, quindi si tolse gli stivali, posò i piedi sul tavolo e, con le dita intrecciate dietro la testa, si mise a fissare fuori dalla finestra.

Ancora un po' di tempo. Ancora qualche ora. Doveva solo avere pazienza.

Infilò la mano in tasca, tirò fuori la perla e con una smorfia delusa la trovò ancora del solito colore. Solo grigio, senza alcuna traccia nera che avrebbe scandito il trascorrere dei giorni.

La ripose con un sospiro silenzioso.

Troppo tempo per sé significava avere troppi pensieri da tenere a bada, troppi ricordi che premevano per invadergli la testa e contorcergli lo stomaco. Avrebbe trovato fastidiosa quella situazione anche se l'avesse dovuta affrontare da solo.

Viverla in compagnia dell'emblema del suo passato, in un truce silenzio ammantato di odio e accuse non pronunciate, era semplicemente insopportabile.

Fu contento quando Lucien si alzò e, senza una parola, uscì dalla casa.

Una battuta gli tentò le labbra visto che aveva

portato con sé la spada, ma le strinse prima di emettere suono. Invece rimase a lottare con se stesso per non muoversi dalla sedia.

Gli parve fosse trascorso un giorno intero quando lui alla fine rientrò, anche se i controlli alla perla continuavano a dargli esiti deludenti.

Lucien varcò la soglia con la spada in pugno e giacca e camicia sull'altra mano, nudo fino alla vita. Kairan distolse lo sguardo, non prima di aver colto nuove cicatrici su quel corpo di cui un tempo conosceva ogni centimetro; non prima di aver visto i muscoli più delineati di quanto ricordasse, il fisico più scolpito e duro, più adulto. Non prima di aver notato che, malgrado tutto, aveva tenuto i guanti.

Si morse l'interno della guancia, senza capire se il calore dipendesse dall'Exous del suo amico di un tempo o da un proprio momento di debolezza. Però non poteva negare il battito accelerato, la tentazione che gli divorava la mente e con cui seguiva ogni suo suono e visualizzava i suoi movimenti.

Poteva avere i capelli corti, adesso, che gli arrivavano al collo anziché terminare in un codino. E potevano esserci segni amari sul viso che un tempo era stato così facile da interpretare, poteva avere gli occhi di una belva, non quelli di chi lo guardava come se fosse stato qualcuno di prezioso. Ma era ancora Lucien.

Era ancora il ragazzo dalle mani calde, dal fuoco che gli si insinuava nelle vene come una coperta. E lui lo voleva. Più rimaneva in sua presenza, più ricordava *l'altra* vita, quella che avrebbe dovuto rappresentare solo un'accozzaglia di bugie, un periodo di transizione con cui si era guadagnato la sopravvivenza.

Una volta ancora, solo una, per esorcizzare il fantasma di quei momenti. Per rendersi conto che in fondo non era stato nulla di speciale, solo un passato come tanti.

Perché negarselo quando erano bloccati lì?

Tolse i piedi dal tavolo e girò di scatto la sedia verso di lui, trovando ad accoglierlo uno sguardo ostile.

«Penso che dovremmo scopare.»

Lucien si irrigidì tanto che gli parve di sentire lo scricchiolio dei suoi muscoli.

«Che cosa?!» sbottò poi, e l'aria si riempì di calore.

«Tu ti stai annoiando, io mi sto annoiando, e dobbiamo rimanere qui per chissà quante ore.»

«E scopare è la prima cosa che ti è venuta in mente?» Sembrava che avesse pronunciato ogni sillaba attraverso i denti serrati.

Quanti ne hai avuti dopo di me? Ce ne sono stati? Sei ancora così debole?

Avrebbe voluto chiederglielo e ridere, così da tornare in vantaggio, così da non sentirsi come se avesse appena esposto il fianco a chi non desiderava altro che trafiggerlo. Costrinse i lineamenti a rilassarsi, il suo stesso corpo a rifiutare una posizione di guardia, perfino mentre l'Exous premeva per uscire e affrontare la minaccia di quel calore in aumento.

«Non c'è nient'altro da fare per trascorrere il tempo, più parliamo e più è probabile che finiremo di nuovo a puntarci una lama alla gola; in più, magari una scopata ti farebbe sfogare un po' di frustrazione e ti passerebbe in parte la voglia di impalarmi con *l'altra* spada, quella d'acciaio.»

«Su questo ho i miei dubbi,» sibilò Lucien. Aveva già impugnato l'arma.

Kairan scrollò le spalle.

«Come vuoi, ma almeno così non staremmo a contare i secondi.»

«A che gioco stai giocando, questa volta?»

«A nulla più di quello che ti ho detto. Solo sesso. Siamo entrambi adulti, no?» Non poté trattenere un sorriso ironico. «Siamo capaci di scopare con chi detestiamo.»

Lucien ridusse gli occhi a due fessure. Lo avrebbe attaccato. O forse lo avrebbe sbattuto al muro per appropriarsi della sua bocca. A giudicare dalla sua espressione, erano entrambe opzioni possibili e lui stesso non era certo di quale delle due cose preferisse. Tutto, pur di non prolungare quell'inattività.

«Chiedimelo ancora, e sarà l'ultima cosa che dirai.»

Gli sorrise, fingendo che quelle parole non gli bruciassero. «Scelta tua.»

Tornò seduto a guardare l'orizzonte, i piedi ben piantati sul pavimento, mentre Lucien scompariva in camera. Forse aveva deciso di dormire, e non sarebbe stata una cattiva idea, se solo quello non lo avesse lasciato più che mai solo con i propri pensieri. Poteva capire come mai al loro arrivo nel Rifugio non avesse voluto il letto, se implicava la sua presenza.

Il silenzio si protrasse, un'insidia che minacciava di enfatizzare gli echi del passato. Il cielo fuori dalla finestra continuava a mostrarsi impietoso al suo sguardo, sempre uguale. L'unico segno dello scorrere del tempo erano i vestiti che poco a poco gli si asciugarono addosso e la fame crescente, seppur sempre minore della noia. A quello che doveva essere il trentesimo controllo, finalmente la perla mostrò una piccola porzione annerita.

Era passato un giorno.

Avrebbe dovuto aspettarne un altro per prudenza prima di uscire. Altre lunghe ore di quella tortura.

La porta della camera si aprì all'improvviso, catturando il suo sguardo.

Lucien era fermo sulla soglia, ancora a torso nudo, spada in pugno.

Non credeva avesse dormito, il suo viso si mostrava ancora stanco, ma furono gli occhi cerchiati a metterlo sull'attenti. Sembrava un predatore a caccia. Si irrigidì, il ghiaccio già pronto a danzargli sui polpastrelli, mentre un calore a un solo soffio dal diventare fastidioso si propagava per tutto il salotto.

Lentamente si alzò dalla sedia. Chissà se era quello il momento della resa dei conti, se alla fine tutto si sarebbe consumato in quel Rifugio, la fine di quello scontro rimasto in sospeso che questa volta avrebbe lasciato vivo solo uno di loro.

«Ti serve qualcosa?»

Uno spasmo attraversò il viso di Lucien e il suo odio gli scivolò addosso con lo stesso calore del pugno che anni prima gli aveva segnato la guancia.

La mano che non era stretta alla spada si contrasse, poi, un centimetro alla volta, lui adagiò l'arma sul pavimento. La temperatura salì ancora.
«Spogliati.»

Capitolo 12

Il silenzio di quel Rifugio era snervante.

Seduto su uno dei due letti, con la spada piantata sul pavimento e la mano tanto stretta all'elsa da essersene impressi i contorni sulla pelle anche attraverso i guanti, Lucien aveva l'impulso di urlare, per riempire quella casa fuori dal tempo con la propria voce e cancellare l'eco di quella di Kairan.

Quasi rimpiangeva di esserci entrato, di aver scelto una tregua anziché una morte in battaglia in cui almeno non si sarebbe sentito così maledettamente impotente. Eppure non poteva andarsene senza aver ottenuto la propria vendetta. Doveva sopravvivere per tornare da Vinya e ridurre in cenere quella lingua traditrice, per poi fare lo stesso con i suoi complici.

Da quando si era chiuso in quella stanza non aveva pensato ad altro. A uscire da lì, a raggiungere il gruppo di mercenari che lo avevano tradito, a esigere una vendetta di sangue. Ne aveva visualizzato ogni minimo particolare, rivivendola nella mente per soffocare quell'altro *pensiero.*

Quanto tempo era rimasto lì, in quella camera silenziosa, a nutrirsi di odio mentre la frustrazione lo divorava dall'interno?

Se solo avesse avuto la possibilità di tornare al mondo reale e restare tutto d'un pezzo, l'avrebbe colta all'istante. Il fuoco gli ribolliva nel petto e nella gola, fiamme appena al di sotto dei polpastrelli, perché gli sarebbe stato sufficiente allentare la presa sul proprio potere per vederle danzare davanti agli occhi, pronte a bruciare il mondo.

Respirò a fondo, contando dentro di sé. Dieci, venti, cento respiri. E il tempo ancora non passava, il bisogno di agire gli pulsava sulle tempie, ogni battito troppo forte del proprio cuore era un rintocco verso la follia.

La camera non era nemmeno grande a sufficienza perché potesse sfogare un po' di quell'energia di troppo camminando in circolo. Poteva solo abbandonarsi all'apatia, proprio quando ogni secondo di immobilità era una tortura.

"Penso che dovremmo scopare."

La mano che non era stretta all'impugnatura ebbe uno spasmo.

Di nuovo si vide in procinto di sollevarla, andare da quel bastardo e piantargliela nel petto, guardandolo negli occhi mentre gli strappava la vita.

Kairan gli aveva detto che se lo avesse ucciso sarebbe rimasto imprigionato in quel Rifugio.

Bugia o verità?

Non era sicuro di essere pronto a scoprirlo. Non in quel momento.

Avrebbe potuto ferirlo. Avrebbe potuto minacciarlo o fargli sputare la verità con il dolore.

La verità? L'ha mai detta, nella sua vita?

No, se avesse cominciato uno scontro con lui non era sicuro di fermarsi prima di ucciderlo, o di morire nel tentativo. Non era ancora il momento, ma il tempo sembrava congelato e lui era prigioniero, della sua

stessa mente prima ancora che di quelle quattro mura.
Nulla da fare, nessuna distrazione, solo un'offerta pronunciata con voce beffarda a echeggiare tutta attorno a lui.
Quanto avrebbe dovuto attendere così?
Quanto, mentre nei suoi pensieri si stagliavano immagini non volute, generate da quell'offerta? Avrebbe potuto punirlo, fargli male, usarlo.
Solo una scopata, così da dimostrare che non ci sarebbe più stata quella morsa al petto, quell'emozione che gli aveva serrato la gola quando aveva stretto quel corpo contro il proprio e ascoltato le bugie di quelle labbra troppo pronte al sorriso e a rispondere ai suoi baci. Che non sarebbe stato nulla di diverso dai rapidi amplessi che si era concesso in quegli anni con uomini di cui non ricordava nemmeno il nome.
Quando alla fine si alzò dal letto per tornare nel salotto, nel suo sangue rumoreggiava un incendio.

Era una pessima idea.

Lo seppe già quando Kairan cominciò a slacciarsi i calzoni, per mostrare in piena vista ciò di cui prima Lucien aveva avuto solo un'immagine confusa.

Si odiava per quell'attimo di debolezza in cui aveva guardato fuori dalla finestra, per aver posato gli occhi sul suo corpo nudo, risentimento, brama e dolore che si intrecciavano nei suoi polmoni mozzandogli il respiro. Si odiava perché non lo aveva ancora ucciso, e fanculo alla possibilità di rimanere bloccato per sempre lì dentro. Si odiava perché, malgrado tutto, era tornato da lui.

I vestiti si accumularono sul pavimento e, a ogni strato scartato, si rivelava una porzione più ampia di quella pelle bronzea che un tempo era tutto ciò che sognava.

Era sbagliato, eppure non provò nemmeno a fermarlo. Magari lo stava manipolando ancora, magari era solo l'ennesima trovata con cui quel bastardo gli fotteva la mente, ma tutto era meglio rispetto all'attesa senza nulla da fare, quando il suo corpo fremeva per il bisogno di muoversi, che fosse per correre via o per distruggere qualcosa.

O qualcuno.

Alla fine, Kairan si gettò la treccia dietro le spalle e gli si mostrò tutto nudo, con le braccia aperte e gli occhi puntati nei suoi.

«Soddisfatto?»

Sarebbe stato facile cancellare quell'espressione beffarda con il proprio pugno. Quasi quanto sarebbe stato facile prenderlo tra le braccia.

Non fece nessuna delle due cose, invece accennò verso il basso.

«Sul pavimento.»

Sulle sue labbra si disegnò l'eco di un broncio familiare. «Abbiamo un letto a due passi di distanza.»

«Ti ho detto quali sono le mie condizioni.»

Kairan lo soppesò in silenzio, prima di sbuffare e abbassarsi sul pavimento. Si stese sulla schiena con le gambe mezze aperte, fissandolo di rimando senza mostrare alcuna vergogna. Era già per metà eccitato, l'uccello quasi del tutto duro, e Lucien provò un guizzo di piacere malato a quella vista.

«Dunque?»

Avrebbe potuto schernirlo. Già la risata gli raschiava la gola per esplodere nella stanza, sarebbe stato così facile umiliarlo in quella situazione, o almeno scoprire se fosse capace delle sue stesse parole taglienti, della sua stessa derisione.

E poi si sarebbe ritrovato come nella solitudine della camera, a bruciare, a odiare in preda alla frustrazione, a *desiderare*.

Gettò i vestiti che aveva in mano sul tavolo, poi si tolse il resto, fino a rimanere nudo. I guanti furono l'ultimo velo che si tolse, quello che si levò con più fatica.

"Di solito scopi con i guanti?"

Li lanciò sul tavolo in mezzo al mucchio, i denti tanto affondati nella carne morbida della guancia da sentire il sapore del sangue.

Non pensare a quei momenti. Non ricordare ciò che non è mai esistito.

Il pavimento freddo fu una sensazione benvenuta contro le ginocchia bollenti. Si sistemò tra le sue gambe e gli premette due dita contro le labbra. Quando Kairan le accolse, non esitò ad andare subito a fondo, quasi in gola. Cercò di ignorare il brivido caldo dovuto alla lingua che le aveva avviluppate e le accarezzava, al fatto che quel bastardo avesse già cominciato a succhiare, tormentandolo anche quando lui lo aveva privato della parola.

Avrebbe dovuto viverlo solo come uno sfogo,

come un atto meccanico, nulla più. Forse così i sogni di quando teneva Kairan tra le braccia avrebbero smesso di infestarlo.

Peccato solo che avesse già il respiro affannoso e il suo sguardo si fosse inceppato sull'immagine di quelle labbra che gli avvolgevano le dita fino alle nocche, sulle guance incavate, sulle palpebre per metà abbassate che su un altro uomo avrebbero dato un'idea di vulnerabilità.

Fece per ritrarre la mano, ma lui gli strinse il polso per tenerla ancora contro la propria bocca, la lingua che continuava a percorrere ogni dito soffermandosi su tutte le antiche cicatrici. Era inerme sotto il suo corpo, nudo, compiacente, e lo stava facendo a pezzi con un semplice tocco.

Si liberò della sua presa e di quella bocca tentatrice con uno strattone improvviso, mentre annaspava per respirare e l'odio gli bruciava la gola. Odio e qualcos'altro, perché sapeva di avere il cazzo duro, sapeva che un fuoco ben diverso dall'Exous gli danzava sottopelle e i polpastrelli formicolavano per il bisogno di percorrere il corpo di Kairan, di scoprire le nuove linee che lo segnavano, di lasciare traccia del proprio passaggio.

Senza guardarlo in faccia, lo penetrò di scatto con entrambe le dita. Poi si mise a prepararlo, le orecchie invase dal sordo battito del proprio cuore. Dentro e fuori, dentro e fuori, e non importava se stava andando troppo veloce, non importava se lo sentiva più rigido che pronto a essere scopato, se c'era stato un ansito ad accogliere quella penetrazione.

«Non sei uno che perde tempo,» commentò Kairan, l'ironia palpabile nella voce roca.

«Taci.»

Aggiunse un terzo dito che gli strappò un suono simile a una risata, ma all'improvviso il suo corpo cominciò a muoversi in sincronia con gli affondi, il bacino che ondeggiava a ogni spinta, che quasi lo provocava a continuare, a osare di più. Gli aveva perfino afferrato le spalle.

Fermò la mano quando fu dentro di lui fino alle nocche.

Quando gli occhi di Kairan lo cercarono, una ruga ad accentuare la sua confusione mentre la stretta sulle spalle si faceva meno decisa, curvò le dita e premette sul familiare nodo di nervi. Un gemito esplose nella stanza e per un istante l'azzurro delle sue iridi scomparve.

Premette ancora, con lava al posto del sangue, mentre vedeva il suo uccello sussultare e inumidirsi sulla punta, una goccia che scivolava fino a infrangersi sulla pelle bronzea, e questa volta gemettero entrambi.

L'aria non bastava più. Odore d'inverno, odore di neve, polmoni ardenti e quel bisogno ad accendergli ogni centimetro del corpo.

Ma non importava, perché aveva lui il potere, era lui che poteva concedergli il piacere o negarglielo, era lui che gli stava facendo tremare le cosce, che aveva reso la sua presa sulle proprie spalle una morsa carica di disperazione.

«Lucien...»

Quel richiamo lo trafisse in una parte del torace

di cui avrebbe voluto negare l'esistenza. Affondò ancora per zittirlo, un'ultima volta. Ormai sentiva la stretta dei suoi muscoli, il modo in cui il suo corpo lo cercava, aperto e pronto per lui.

Ritirò le dita, si sputò sul palmo e passò la mano umida sul proprio uccello, per poi posizionarglisi tra le gambe senza dire una parola.

Occhi cupi di eccitazione saettarono verso i suoi.

«Non vuoi che mi giri? Pensavo che faccia a faccia fosse troppo intimo per te.»

«E dovrei fidarmi di non vedere la tua espressione?»

Kairan rise, selvaggio e ansante, mentre gli allacciava le gambe attorno alla vita. Entrò in lui senza alcun lubrificante diverso dalla saliva. Doveva avergli fatto male, lo sapeva, ma quel bastardo si limitò a ridere ancora, a stringerlo di più a sé e a lasciargli solchi sanguinanti sulla schiena mentre mormorava al suo orecchio parole incomprensibili.

Quando arrivò in fondo, gemette a denti serrati, perché era sempre caldo e stretto come lo ricordava, perché un respiro fresco gli accarezzava la guancia e c'era ancora quella stupida parte del suo animo che lo associava a tempi più felici, a una sensazione di casa.

Si concesse solo un paio di secondi prima di ritrarsi e affondare ancora. Di nuovo una risata, questa volta accompagnata da un sussulto. Non voleva sentirlo. Voleva tutti i suoi gemiti, tutti i suoi ansiti, tutto il suo piacere. Voleva ucciderlo. Voleva tornare a più di sei anni prima.

Accelerò, mentre davanti agli occhi aveva

l'immagine di Kairan che gli sorrideva, quella piega bugiarda delle labbra che aveva creduto speciale, solo di loro due; Kairan che lo guidava alla scoperta del sesso con un'espressione da ragazzo innamorato, e quel Kairan, quello con i capelli stretti in una treccia, con la guancia segnata dalla sua mano, con cicatrici che non conosceva su quel corpo che avrebbe dovuto essere solo suo.

Serrò le palpebre per sfuggire ai ricordi e a quella realtà, ma il suo viso era ancora lì, il suo tocco, il suo odore, Kairan era tutto attorno a lui e Lucien ci stava annegando dentro senza possibilità di risalita.

Si spinse sempre più a fondo, per ferirlo, per conquistarlo, non sapeva nemmeno cosa desiderasse di più, mentre le sue dita gli tormentavano la schiena, un graffio a ogni spinta, un'altra piccola scarica di piacere a ogni graffio.

Non voglio niente di tuo. Niente che mi segni più di quanto tu abbia già fatto.

Gli afferrò i polsi e glieli portò sopra la testa, stringendoli con una sola mano mentre lo scopava. Quando incrociò di nuovo il suo sguardo, non riuscì più a staccare il proprio.

«Sai che ci terrei anch'io, a venire?» ansimò lui, troppo vicino al suo viso, alle sue labbra.

Lucien si limitò a rafforzare la presa sui suoi polsi.

La bocca di Kairan si piegò in quel broncio che lo rendeva troppo simile al ragazzo di un tempo. «Quindi se non vuoi toccarmi,» un'altra spinta, un altro gemito, «puoi almeno lasciare che faccia da solo.»

Da solo. Ed era così che aveva funzionato per lui, no? Sempre e solo Kairan, anche quando Lucien aveva creduto che potessero avere qualcosa assieme.

Gli lasciò le mani come se scottassero e riprese a scoparlo senza più curarsi di altro.

Subito lui andò a toccarsi. Era vicino, lo erano entrambi. Fu Kairan il primo a venire, una spruzzata calda che gli marchiò il torace come ulteriore vergogna, ma quando sentì il suo corpo diventare ancora più stretto e i muscoli contrarsi attorno al proprio uccello, Lucien non poté fare a meno di seguirlo con un urlo soffocato che sapeva di sconfitta.

Per un unico attimo ci fu solo l'orgasmo, senza spazio per nient'altro.

Rimase su di lui a fissarlo con il fiato incastrato in gola, mentre il piacere gli pulsava nei nervi, soffocando almeno per un istante l'amarezza.

Kairan sembrava un ragazzino, con la fronte sudata, la treccia in disordine e piena di ciuffi ribelli, le labbra socchiuse.

Avrebbe voluto coprirle con le proprie. Scoprire se avessero lo stesso sapore di un tempo, ora che sapeva quante bugie avevano pronunciato.

Si staccò da lui e arretrò fino ad appoggiare la schiena contro la parete, le mani chiuse in due pugni che gli facevano dolere le falangi. Solo allora si permise di riprendere fiato, anche se dubitava che il suo cuore sarebbe mai riuscito a riprendere un ritmo normale; non finché aveva Kairan davanti agli occhi, almeno.

Lo vide alzarsi sui gomiti e sbattere le palpebre, quelle labbra invitanti che si increspavano in una smorfia mentre il corpo si tendeva, forse per gli strascichi di quella scopata rude.

Portava i segni delle sue dita sul bacino, sui polsi e sulle cosce.

Lucien li guardò uno a uno, guardò lo sperma che gli colava tra le natiche con un grumo di emozioni a darsi battaglia nel suo petto.

Un errore.

Era stato tutto un errore.

Quel salotto gli fu all'improvviso insopportabile, troppo piccolo, avvolto com'era dall'odore di sesso e dagli echi del loro piacere. Dall'odore di Kairan.

Prese con sé i guanti, i vestiti che aveva abbandonato sul tavolo e gli stivali, quindi uscì diretto al laghetto. Invece di parole ironiche o di quell'insopportabile risata, ad accompagnare la sua fuga ci fu solo il silenzio.

MARY DURANTE

Capitolo 13

Kairan lo seguì con lo sguardo fino a quando non scomparve.

Solo allora si alzò, fremendo per il corpo dolente. Aveva ottenuto ciò a cui mirava, ne sentiva gli strascichi ovunque e in un momento diverso avrebbe sorriso per un'altra vittoria. Solo che non era sicuro di poterla considerare tale.

Raccolse i vestiti dal pavimento per poi piegare le labbra in una smorfia, visto lo stato pietoso del proprio corpo. Avrebbe avuto bisogno di un bagno, prima di poterli indossare e sentirsi abbastanza pulito da dormirci. Il laghetto, però, era occupato e non era sicuro che presentarsi lì fosse una buona idea.

Ti voleva sempre, un tempo. Quando arrivavi sorrideva ed era come vedere il sole.

La smorfia si acuì, accompagnata da uno spiacevole grumo di emozioni nel petto. Quel nuovo Lucien era per metà uno sconosciuto. Non solo per i capelli corti al posto del codino, o per i lineamenti più marcati di chi era ormai lontano dall'adolescenza. C'era una durezza nuova nel suo sguardo e nel suo atteggiamento. Nel sesso.

Ti ho reso io così?

E la parte più cupa e contorta di lui, quella nata quando era solo un randagio che sopravviveva nel sangue dei suoi simili, avrebbe risposto *bene*.

Bene per quella prova di essergli entrato dentro,

di averlo influenzato tanto perfino dopo anni. Bene se aveva lasciato un segno su di lui, come se in tal modo fosse un po' suo. Quello, l'odio non glielo avrebbe portato via. Forse era l'unica cosa a cui potesse aspirare, con lui.

Trascorse i minuti di attesa sciogliendosi la treccia, controllando la perla, sempre nera per quella piccola frazione di superficie che corrispondeva a un giorno, e facendo del proprio meglio per non pensare a nulla.

Doveva essere passata un'ora, se non di più, quando alla fine Lucien rientrò. Aveva di nuovo i guanti ed era vestito di tutto punto. Il suo sguardo si puntò dritto sulla porta che dava sulla camera.

Prima ancora che Kairan potesse decidere se lanciargli un commento o mantenere quel silenzio strisciante, aveva già varcato la soglia e se l'era chiusa alle spalle.

Immagino che sia il suo turno di occupare il letto, allora.

Non gli importava. Uscì verso il laghetto. L'acqua lo avvolse con una piacevole frescura che parve cancellare tutti i segni della scopata. Non era vero, gli sarebbe bastato prestare attenzione a muscoli e pelle, muovere le gambe, per provare di nuovo quella stilettata tra le natiche, metà dolore e metà bruciore di eccitazione. Ma gli era sufficiente la sensazione di potersi togliere dalla pelle il tocco di Lucien.

Era stato... intenso.

Troppo.

Il calore, il fuoco, il rosso di quello sguardo che

lo tormentava ogni volta che chiudeva le palpebre.

Si immerse fino a toccare il fondo, gli occhi chiusi, l'acqua che lo avvolgeva in un abbraccio morbido. Rimase lì a trattenere il respiro, con i capelli che aleggiavano tutti attorno, liberi dalla treccia.

L'abbraccio di Lucien lo confortava in un modo che i coltelli non erano mai riusciti a fare. Trasmetteva la stessa sicurezza, ma anche qualcos'altro. Anche il desiderio di affondarci fino a sparire.

«Sarai sempre al mio fianco, vero, Kairan?»

«Sì.»

E in quel momento avrebbe dato ogni cosa perché fosse la verità.

Riemerse con il petto che gli doleva e la netta sensazione che la mancanza d'aria non fosse una giustificazione sufficiente. Si ripulì con gesti rapidi prima di uscire dall'acqua, nudo come ci era entrato, e rimase sotto quel sole fasullo asciugandosi con le mani come meglio riusciva.

Doveva pensare anziché perdersi in fantasticherie o sgraditi ricordi.

Focalizzarsi su chi lo aveva tradito e pianificare una vendetta. Non c'era spazio per Lucien.

Quando tornò in casa si sorprese di trovarlo seduto a tavola, con le braccia incrociate al petto e lo sguardo torvo. Portava la spada al fianco e lui si irrigidì, preparandosi a fronteggiare un attacco mentre si avvicinava ai propri vestiti.

Li prese e li indossò senza mai staccare gli occhi da lui, lì dove Lucien si comportò come se non fosse nemmeno consapevole della sua presenza. Però non arrivarono tentativi di ucciderlo e non seppe se dovesse contarlo come un buon segno o meno.

Una volta che fu vestito di tutto punto, si pettinò i capelli con le dita alla bell'e meglio e si rifece la treccia. Il silenzio gli strisciò sulla pelle fino a insinuarsi nei polmoni.

«Penso sia giunto il momento,» commentò alla fine.

Per un attimo sembrò che non avrebbe ricevuto risposta e che Lucien avrebbe continuato a ignorarlo. Invece, dopo un minuto, si girò lentamente verso di lui, il viso una maschera ostile.

«Per cosa?»

«Per vedere com'è la nostra situazione al di là del Rifugio.» Kairan tirò fuori dalla tasca la perla e cominciò a giochicchiarci, lanciandola in aria con il pollice per poi riafferrarla con il pugno. «È passato un giorno. Dovrebbe essere ancora notte, lì fuori.»

«E se ti sbagliassi?»

Era quella la limitazione più frustrante di un Rifugio. La totale ignoranza su ciò che avveniva nel mondo reale.

«Potrai rinfacciarmelo quando le guardie ci saranno addosso.»

Lucien sbuffò ma non ribatté.

«Non avranno già rinunciato alle ricerche,» disse invece.

«No, ma magari si sono spostati. Se c'è via libera siamo a posto. Se non c'è, almeno cerchiamo di fare un po' di provviste prima di tornare al Rifugio.» In quel momento era più che mai consapevole del proprio stomaco vuoto. «Non ci servirà a nulla rimanere qui al sicuro se poi saremo tanto deboli da morire di stenti.»

Quando Lucien non disse nulla, strinse la perla per poi tendergli la mano. Dovette aspettare un altro lungo minuto, ma alla fine dita guantate si richiusero sulle sue.

Il ritorno al bosco e alla sua oscurità per qualche attimo lo lasciò cieco. Almeno non aveva sbagliato la propria predizione ed era ancora notte fonda. Non appena i suoi occhi si abituarono alla scarsa luce, però, poté scorgere fuochi lontani, accompagnati da fruscii e voci che si chiamavano l'un l'altra. Rimase in ascolto per cercare di capire cosa si dicevano, ma erano troppo distanti.

Attirò l'attenzione di Lucien con un tocco sul braccio, visto che lui gli aveva lasciato andare la mano appena usciti dal Rifugio.

«Controlliamo se abbiamo una via di fuga,» mormorò.

Al suo cenno d'assenso, cominciarono a muoversi attenti a non fare rumore. Dolorante e a digiuno, Kairan avrebbe preferito dedicarsi al recupero di qualcosa di commestibile, ma forse una fuga quella stessa notte sarebbe stata l'opzione migliore. Allontanarsi da quel luogo, dirsi addio, o scoprire se Lucien avrebbe avuto intenzione di combattere, l'ultimo saluto come scontro all'ultimo sangue, e continuare con la propria vita senza più guardarsi indietro.

Ci misero pochi minuti per rendersi conto che le guardie avevano formato una linea di controllo lungo il bosco. A gruppi di sei o sette, sorvegliavano una porzione di territorio con falò o lanterne di *falsaluce*, mentre altre squadre si muovevano tra gli alberi. Un ottimo modo per assicurarsi che nessuno uscisse da lì senza farsi notare e trovare dei fuggiaschi, peccato per loro che lui avesse un Rifugio.

Strinse la perla tra le dita. Era dall'attivazione che la teneva in mano, pronto a usarla al minimo segnale di pericolo.

«Potremmo farcela.»

Il mormorio di Lucien gli fece seguire il suo sguardo. Stava fissando il gruppo di soldati più vicini, sei in tutto, che sorvegliavano il territorio a una quarantina di metri da loro.

«E potremmo trovarci con tutto l'esercito alle calcagna,» ribatté.

Notò un muscolo contrarsi nella sua mascella, poi gli occhi rossi incontrarono i suoi.

«Cosa proponi, allora?»

«Non sanno che abbiamo il Rifugio. Facciamo provviste, lasciamoli cercare per qualche altro giorno, finché non si stancheranno e non concluderanno che siamo riusciti a scappare. O almeno finché non avranno allentato la sorveglianza. Poi usciamo e, se saranno ancora qui, li affronteremo. Ma almeno avremo la pancia piena.»

Un'altra smorfia, poi un cenno d'assenso.

Attenti a non fare rumore, arretrarono fino a trovarsi a distanza di sicurezza. Poi, da bersagli braccati, si misero a cacciare.

***

Il cielo aveva iniziato a mostrare le prime sfumature dell'alba quando fecero ritorno al Rifugio.

Kairan era esausto. Al contrario di Lucien, che sembrava non sentire la fatica, lui aveva cominciato ad arrancare già da svariati minuti, senza più nascondere un passo zoppicante mentre lo seguiva tra gli alberi, dosando ogni movimento.

Per quanto sopportasse poco quel cielo soleggiato e sempre uguale, fu un sollievo poter entrare nella casetta e lasciarsi ricadere su una sedia. Posò sul tavolo la giacca che aveva usato come un cesto improvvisato, ora piena di cibo.

Il loro bottino era stato inaspettatamente buono, mentre vagavano nel bosco attenti a non incappare in una pattuglia. Erano riusciti a raccogliere un vasto assortimento di frutta, bacche ed erbe commestibili, ma il colpo di fortuna era stato trovare un daino. Troppo piccolo per un adulto, doveva essere stato lasciato indietro dal proprio branco quando la ricerca delle guardie aveva disturbato il loro habitat.

Kairan lo aveva abbattuto con un pugnale di ghiaccio prima che potesse darsi alla fuga, un lancio indirizzato alla gola. Era stato Lucien a trascinarlo poi fino a quando non avevano deciso di fermarsi e tornare nel Rifugio. Adesso lo stava già scuoiando, con movimenti rapidi ed esperti.

«Potresti aiutare,» furono le uniche parole che gli rivolse, con voce raschiante.

Kairan prese i due bicchieri, evocò del ghiaccio

fino a riempirli, quindi glieli passò. Lucien alzò un attimo gli occhi dal daino, poi li prese in mano e il suo Exous gli brillò per un istante tra le dita. Quando gli restituì un bicchiere, era pieno d'acqua.

Ripeterono l'operazione per un paio di volte, prima che lui si mettesse a disossare, pulire e tagliare la carne, ricordando le decine se non centinaia di occasioni in cui aveva fatto lo stesso in sua compagnia. Solo che allora c'erano state le risate di trionfo per una caccia andata a buon fine, c'erano state le loro voci a riempire il silenzio, c'era stata un'atmosfera di cameratismo che in quel momento aveva lasciato spazio solo a una tensione logorante.

Mangiarono in silenzio, divorando le prime porzioni di carne assieme a ciò che avevano raccolto, prima di congelare il resto del daino per i giorni successivi. Una volta finito, Kairan era certo che sarebbe crollato lì sulla sedia nel giro di cinque minuti, se non avesse scelto un posto più comodo.

Si alzò e fece un passo verso Lucien.

«Dovresti dormire, questa notte. Dovremmo dormire entrambi, e su un letto.»

Avere lo stomaco finalmente pieno era una splendida sensazione, a cui si era abituato troppo, da quando non era più un bambino senza un clan. Ma sentiva gravare gli ultimi avvenimenti sulle palpebre e su ogni arto, e gli suggerivano di stendersi, chiudere gli occhi e non pensare più a niente. Soprattutto, non pensare a cosa sarebbe successo i giorni successivi.

Per quanto si stesse mostrando incrollabile, anche Lucien doveva avere un punto di rottura.

Quando non ricevette risposta diversa da uno sguardo ostile, sospirò, quindi scrollò le spalle mentre andava in camera.

«Fa' come vuoi.»

Chiuse la porta, poi si tolse gli stivali e si stese sul letto che aveva già occupato ore prima. Questa volta il tormento dei propri pensieri non fu sufficiente a vincere contro la stanchezza e la mente scivolò via non appena appoggiò la testa sul cuscino.

Era ormai mezzo addormentato quando sentì Lucien prendere posto sull'altro letto.

Capitolo 14

Si svegliò con il rumore di una porta che si chiudeva.
Subito il suo sguardo corse all'altra metà del letto.
Vuota.
Si alzò con una smorfia e aprì la porta nel silenzio.
«Kairan?»
Magari si era allontanato per andare a svuotare la vescica, ma più passavano i minuti e più un disagio inaspettato gli attanagliava il torace. I vestiti dell'amico e i pugnali non c'erano più.
Si vestì di tutto punto e prese il proprio spadone, sperando che fosse un falso allarme, quindi uscì. Con suo padre e gli uomini migliori partiti per una missione punitiva due giorni prima, il territorio dei Ravik era molto più tranquillo del solito.
Gli furono sufficienti pochi minuti per trovare Kairan ai margini del loro territorio, intento a fissare l'oscurità davanti a sé. Le guardie che avrebbero dovuto controllare quell'ingresso non si vedevano da nessuna parte.
«Che succede?» gli chiese in un mormorio quando lo affiancò.
Kairan accennò con il mento verso l'orizzonte.
«Stanno arrivando.»
«Cosa?»

Aguzzò lo sguardo fino a quando non scorse delle sagome che si stavano avvicinando. Decine. Molte decine.

Possibile che suo padre stesse davvero tornando così in anticipo? Ma allora perché non si udiva un suono, a parte il lontano scalpiccio di troppi piedi?

La nuvola che aveva coperto la luna si dileguò e in quel momento lo vide: uno stendardo contenente un rombo e particolari che la notte gli impediva di mettere a fuoco. Non ne aveva bisogno perché il cuore gli era già salito in gola.

Gli Albericht.

Quei bastardi dovevano aver sentito dell'assenza di suo padre e avevano deciso di attaccare. Strinse l'impugnatura della propria arma, con il fuoco che cantava nelle vene, pronto a bruciare il mondo.

«Devo andare a fermarli. Tu allerta Sergel e le altre guardie!»

Era già sul punto di mettersi a correre quando Kairan gli comparve di fronte. L'attimo successivo un pugno allo stomaco gli tolse tutta l'aria dai polmoni.

«Kai... ran?»

Lui sorrise con lo stesso gelo che riservava ai nemici.

«Allertarli? E perché mai, quando sono il loro nuovo clan?»

Lucien si ritrasse barcollando, una mano a tenersi il ventre dolorante mentre cercava di riprendere fiato, senza sapere se a toglierglielo del tutto fosse stato il pugno o l'atteggiamento dell'amico.

«Che... cosa?»

Kairan avanzò con le braccia aperte e due pugnali di ghiaccio si materializzarono tra i suoi palmi. «È finita, Lucien. Presto il clan degli Albericht, il mio clan, prenderà possesso di questo territorio. E quelli che credi i tuoi uomini sono pronti ad accoglierlo a braccia aperte.»

La sua mente si svuotò.

«Stai mentendo!»

Arretrò di un passo. Le mani gli bruciavano, il sangue gli bruciava, gli occhi gli bruciavano, e lui avrebbe voluto solo andare da quello sconosciuto e scuoterlo fino a far emergere il vero Kairan, non un traditore che vestiva un viso tanto familiare.

«Forse avresti dovuto curarti di più della tua gente. Mostrarti un successore affidabile, anziché rimanere sempre per conto tuo.»

In un lampo ricordò tutte le occasioni in cui Kairan parlava con le guardie o i loro coetanei. Il fatto che tutti gli fossero amici. I legami di cui lui era geloso, non perché volesse avere qualcun altro nella propria vita, ma perché voleva essere l'unico nella sua.

«Cos'hai fatto?»

Di nuovo quel sorriso, così diverso da quello che Kairan gli mostrava quando erano in cima al mondo solo loro due, quando si stavano baciando.

Era davvero solo tuo, o era semplicemente una tua illusione?

«Nulla più che la mia missione.» Un guizzo delle dita, e uno dei pugnali di ghiaccio gli passò abbastanza vicino alla guancia da farlo sussultare.

«Scappa, Lucien. Prenditi i pochi uomini fedeli che ti sono rimasti e raggiungi Adon, e non tornare.»
La sua missione. Era stato solo quello.
Il suo torace ebbe uno spasmo, preda di un dolore tanto intenso che non gli permetteva di respirare. Anche la mente parve accartocciarsi su se stessa, i pensieri che si rincorrevano tra il Kairan passato e quello che avanzava senza più sorridere, cancellando un po' della loro vita assieme a ogni passo. Al nuovo battito di palpebre, due lacrime gli rigarono le guance.
«No,» ansimò, e gli parve di parlare attraverso una bocca piena di cenere. Ma la cenere era il suo elemento, era la fine e la nascita del suo Exous, era come avrebbe potuto ridurre il mondo. Il fuoco sorse in una vampata improvvisa, violento come non gli aveva mai permesso di mostrarsi da quando aveva raggiunto l'età adulta. *«Ti ucciderò.»*
Kairan scoppiò a ridere, e fu come se gli stesse rigirando una lama nel ventre.
Ti ucciderò.
Gli si gettò contro a mani nude, e non si curò delle fiamme che gli lambivano la pelle, troppo vicine, di quanto fosse sul punto di perdere il controllo. Estrasse la spada solo quando Kairan tirò fuori le proprie, ma anche allora il fuoco non si attenuò.
«Non hai speranze. A breve saranno qui, faresti meglio a fuggire.»
Ti ucciderò.
Se lo ripeté come un mantra, come l'unica cosa che contasse, e intanto schivava, piangeva e colpiva, e

odiava tanto intensamente che solo il giorno prima non l'avrebbe creduto possibile.

Bruceremo assieme.

Un colpo di striscio alla mano gli fece perdere la presa sullo spadone, ma aveva ancora il suo Exous. Con il pugno avvolto dalle fiamme, colpì lo scudo di ghiaccio che era comparso all'ultimo secondo, lo sfondò e raggiunse Kairan al viso.

Lui si ritrasse con un urlo strozzato, una mano che saliva a toccarsi l'ustione, l'altra già protesa a lanciare piccoli dardi.

A Lucien fu sufficiente una folata del proprio potere per scioglierli. Sollevò il braccio per colpire ancora, per cancellare quei lineamenti che gli stavano stritolando il cuore, per bruciarlo.

"Puoi stringermi fino a domani?"

La mano si riaprì senza che glielo avesse permesso, poi una freccia si piantò a un passo dal suo piede. E un'altra.

Guardò dietro Kairan, dove venti uomini stavano arrivando di corsa, pronti a dare battaglia, e altri ancora li seguivano più arretrati.

Gli Albericht.

«Un giorno vi ucciderò tutti.»

Con i denti che gli dolevano per quanto li stava tenendo serrati, lanciò un ultimo strale di fuoco alla cieca e corse via.

C'erano ancora dei sottoposti fedeli da salvare, prima che arrivassero quei bastardi. E c'era suo padre da raggiungere per ricostruire il loro mondo, o almeno ciò che ne rimaneva. Nel torace, il cuore non c'era più. Solo un vuoto divorante che sanguinava fuoco.

Lucien rimase a guardare il camino spento e si chiese quanto ci avrebbe messo a bruciare l'intero Rifugio.

Sarebbe stato facile, bastava una scintilla, una quantità infinitesimale di quel potere che si annidava dentro di lui e che, negli ultimi anni, era stata l'unica cosa a cui aveva permesso di scaldarlo. Anche esausto com'era i suoi occhi esitavano a chiudersi e a ricercare il riposo, e invece stavano spalancati a immaginare fiamme sempre più alte.

Quando si alzò, gli parve di portare con sé tutto il peso del mondo. Nella sua mente l'ombra dei ricordi non se ne voleva andare. Continuavano a susseguirsi, immagini di quella sera che aveva stravolto la sua vita, il viso di Kairan, il sordo rancore intrecciato a *qualcos'altro* che lo spronava ad agire.

Lo sentiva pulsargli nelle tempie a ogni battito troppo rapido di un cuore vuoto.

Il bisogno di andare in camera e ucciderlo.

Il bisogno di scoprire come fosse tenerlo tra le braccia.

Una spia, il ragazzo di cui si era innamorato non era stato altro che una spia. E, dopo la madre, gli Albericht gli avevano portato via tutto il resto.

Entrò in camera in silenzio, solo per trovare la sua sagoma immobile che occupava uno dei letti. Il respiro era basso e regolare, il corpo rilassato, quando chiuse piano la porta dietro di sé. Così vulnerabile, quando non aveva alcun diritto di riposarsi in totale tranquillità in sua presenza.

Dormivo anch'io, la sera del suo tradimento.

Kairan avrebbe potuto ucciderlo nel sonno. O colpirlo con una lama, anziché con un pugno. O intrappolarlo e consegnarlo agli Albericht, invece di dargli una possibilità.

Le sue labbra si piegarono in un sorriso amaro.

Anni di menzogne, di maschere e prese per il culo solo per ricevere in cambio una possibilità di salvezza.

Però c'era stata. Non poteva negargliela.

Prese posto sul letto libero dopo essersi tolto gli stivali, fingendo di ignorare la tensione raccolta sottopelle, il bisogno di scattare per infrangere quella calma così sbagliata. Si mise sulla schiena, tentando invano di dormire, mentre davanti agli occhi continuavano a stagliarsi quel viso familiare e ricordi che avrebbe desiderato solo estirpare per sempre.

«*Kairan,*» *provò a protestare.*

«*Andiamo, solo una bottiglia, tuo padre non se ne accorgerà nemmeno.*»

«*Tu sei pazzo.*»

L'amico rise nel vento. «*E tu, allora, che mi dai retta?*»

Quanti anni erano passati da quel momento? Quante vite, quanto odio, quanto rancore? Eppure esisteva ancora in lui quel giovane stupido che trovava difficile negargli qualcosa.

E quella possibilità.

Avrebbe voluto chiedergliene il motivo, ma sapeva che avrebbe ricevuto in cambio solo bugie.

La stanchezza lo assalì all'improvviso, un peso che gli rese difficile perfino respirare. I pochi minuti di riposo che si era concesso seduto sul pavimento parevano risalire a intere settimane prima.

Chiuse gli occhi e, per fortuna, quella volta il sonno arrivò.

***

Non si girò quando Kairan entrò nel laghetto e gli si avvicinò da dietro.

Non ascoltò l'impulso di fronteggiarlo per avere davanti agli occhi una minaccia, per guardare di nuovo quel corpo nudo che avrebbe voluto avere ancora sotto le dita.

«Immagino che fosse troppo sperare in un po' di solitudine,» commentò.

Kairan si fermò, già troppo vicino.

«Avevo voglia di darmi una rinfrescata. Non dirmi che adesso ti vergogni.»

Eccola, quella voce ironica, una nota insinuante nel timbro morbido, echi di gemiti passati e sorrisi. Si sarebbe voltato solo per tirargli un pugno.

Lo ignorò mentre si passava le mani sulle spalle e sulla schiena, lì dove i graffi bruciavano e acuivano la consapevolezza dei suoi errori più recenti.

Almeno quella notte aveva riposato. Si era svegliato per primo, aveva evitato accuratamente di guardare Kairan che dormiva nel letto accanto al suo, per non rischiare di risvegliare altri ricordi controversi, e aveva fatto un'abbondante colazione prima di entrare in acqua. Dovevano essere trascorsi solo pochi minuti prima dell'arrivo di quel bastardo.

Un guizzo freddo gli raggiunse la schiena. Poi un altro, abbastanza percettibile da fargli sapere che non si era trattato di una sua impressione. Si volse di scatto per incontrare un'espressione divertita e una mano in bella vista con frammenti di ghiaccio che levitavano sui polpastrelli.

«Smettila,» ringhiò, mentre gli afferrava il polso.

«Allora ce l'hai il coraggio di girarti.»

Di nuovo quel sorriso che richiamava le sue nocche o le sue labbra. «Non scambiare la mia indifferenza nei tuoi confronti per paura.»

Kairan tornò serio.

«Indifferenza?» Gli si avvicinò, coprendo quei centimetri che li separavano. «È questo che provi per me?»

Lo avrebbe voluto, mentre la rabbia e un'emozione più dolorosa gli pulsavano nella gola e il silenzio si riempiva della sua ammissione. Era troppo vicino, adesso, e lui aveva ancora le dita strette attorno al suo polso. Con il corpo gocciolante, gli occhi che lo frugavano, troppo attenti, troppo familiari, Kairan lo rendeva inerme come nessuno era mai riuscito a fare.

Quando lui si liberò della sua presa per riportare la mano nell'acqua, non provò nemmeno a fermarlo.

«Mi hai sempre voluto, non è vero?» L'azzurro nel suo sguardo brillò mentre pronunciava quelle parole. «E mi vuoi anche adesso.»

«Sei tu quello che si è steso sulla schiena con le gambe aperte per me.»

«Un punto per te.»

Poi quella stessa mano gli si avviluppò attorno all'uccello e in quel momento Lucien si rese conto di avercelo mezzo duro. Soffocò un'imprecazione mentre quel tocco esperto cominciava a masturbarlo, lentamente, spedendogli brividi lungo tutta la colonna vertebrale.

Contro ogni suo desiderio gli bloccò il polso, stringendo in avvertimento. «Cosa vuoi?»

Kairan non mollò la presa. Si limitò a fermarsi e a guardarlo con un'espressione indecifrabile.

«Passare del tempo. Rilassarci entrambi.»

I capelli sciolti gli si erano posati sulle spalle come un velo. Chiamavano la sua mano e Lucien per un solo attimo si immaginò come sarebbe stato farseli scorrere tra le dita. Quando gli lasciò andare il polso, il tocco sul suo uccello riprese, questa volta abbastanza deciso da accelerargli il respiro.

Lo lasciò fare per qualche secondo, perdendosi nel piacere crescente, nella promessa di sfogo che gli promettevano quelle dita. *Così avrebbe di nuovo il controllo su di te. Come sempre.*

Questa volta non ebbe alcuna esitazione nell'allontanarlo.

«Girati.»

Lui aggrottò la fronte. «Ci terrei a camminare, dopo oggi.»

«Lo so. Girati.»

Non appena Kairan gli obbedì, fu tentato di lasciarlo lì, da solo. Di ignorare quel corpo tentatore per rinchiudersi in una solitudine ormai familiare e molto più sicura. Ma già aveva proteso le dita verso di lui.

Era come un veleno, che una volta iniettato non se ne andava più e contaminava tutto ciò che toccava. Aveva accettato quell'assurda proposta di scopare una prima volta, e ora non riusciva a pensare ad altro.

Gli passò le mani sulla schiena, sentendo la sua tensione. Bene, era un ottimo segno che fosse in guardia in sua presenza, che lo considerasse ancora una minaccia, un pericolo. Era esattamente ciò che rappresentavano l'uno per l'altro, nulla di più. Lentamente scivolò sul davanti, a percorrere il suo torace con tutta l'attenzione e la calma che non aveva potuto permettersi in quella scopata frenetica.

Pelle liscia come la ricordava, muscoli duri sotto quelle apparenze snelle, addominali che si contrassero al passaggio delle sue dita. Non scese ancora, una volta superato l'ombelico. Invece risalì per un fianco verso il petto, fino alla parte sinistra dove poteva percepire il cuore accelerare, e poi vi stese sopra il palmo.

«Potrei bruciartelo. Perfino ora che siamo in acqua,» mormorò contro il suo orecchio.

Per un solo attimo Kairan si tese e lui pensò di avere vinto. Poi si ritrovò con il suo culo premuto contro l'uccello.

«Qualcosa di te mi dice che non lo farai.»

Non si era nemmeno accorto di essere già così eccitato, e solo per averlo toccato, ma bastò un leggero movimento del suo bacino perché fosse costretto a soffocare un gemito con i denti.

Lo strinse a sé di scatto, un braccio attorno al suo

ventre e l'altra mano che, dal cuore, arrivò fino al suo collo. Era sottile, sarebbe stato così facile stringere fino a spezzarlo.

«Non sai mai quando è meglio stare zitti.»

Kairan rise, tutto appoggiato al suo torace, il culo bollente contro il suo uccello. «Temo sia il mio peggior difetto.»

Gli avrebbe dato una risposta tagliente, se lui non avesse scelto quel momento per strusciarsi ancora, aggrappato alle sue braccia, la testa rovesciata sulla sua spalla che scopriva la linea elegante del collo.

Lucien ci affondò i denti prima di un altro pensiero. Poi strinse, fino a strappargli un gemito, fino a quando non sentì la bocca invasa dal sapore del sangue.

Bene così. Voleva ferirlo, segnarlo come Kairan aveva segnato lui, perché anche dopo sei anni c'erano quei momenti trascorsi assieme che gli strisciavano sotto la pelle, il suo odore che gli riempiva le narici come un'eco del passato e gli mozzava il respiro, il fantasma di labbra e mani che lo toccavano come nessun uomo dopo di lui era più riuscito a fare.

«Lucien,» ansimò Kairan, un suono a metà tra il piacere e l'agonia che gli andò subito all'inguine.

Non si staccò, invece abbassò una mano alla ricerca del suo uccello. Quando lo trovò duro, sorrise contro il suo collo.

«Sembra che ti piaccia,» mormorò, dopo aver ripulito il morso dal sangue.

Kairan tremò tra le sue braccia, prima di affondare nel suo pugno.

«Mai detto il contrario.»

Lo accontentò e cominciò a muovere la mano sul suo cazzo, ma non voleva sentirlo parlare, non più. O forse voleva solo invaderlo, solo averlo tutto concentrato su di sé, solo suo.

Gli infilò due dita in bocca mentre si strusciava, mentre continuava a masturbarlo, e subito ritrovò quella lingua docile pronta a dargli piacere. Gemette, questa volta non riuscì a evitarlo, ma non gli importava, perché in quel momento era proprio ciò di cui aveva bisogno. Un corpo caldo e familiare che si arrendeva a lui, senza parole sarcastiche, senza sguardi da fronteggiare. Solo il sapore di neve e la consapevolezza che, almeno per qualche minuto, era lui ad avere il controllo.

Gli lasciò andare l'erezione per prendergli in mano le palle. Strinse giusto per ricordargli quanto potesse ferirlo in quel momento, quanto potere avesse su di lui, e Kairan si irrigidì sotto la sua bocca e tra le sue braccia.

Lo morse di nuovo, poi gli affondò fino in gola, un terzo dito che si aggiungeva ai primi due, e lui soffocò un conato, ma era bollente nella sua mano e pulsava, così duro che Lucien avrebbe giurato di poter *annusare* la sua eccitazione.

Respirò a fondo solo per sentirsi girare la testa. Fuoco e ghiaccio, aveva neve sulla lingua e lava al posto del sangue. Aveva i sensi invasi da Kairan.

Il pensiero lo colse alla sprovvista. Avrebbe potuto prenderlo prigioniero e averlo sempre così, docile contro il proprio corpo, rilassato, con la bocca piena delle sue dita, pronto a cadere a pezzi sotto le sue mani, a tremare, a gemere e a essere finalmente vulnerabile. Finalmente suo.

Quasi sussultò, disgustato dai suoi stessi pensieri. Disgustato perché, più dell'odio, a guidarli era il bisogno di tenerlo accanto a sé.

Poi Kairan gemette attorno alle sue dita, un suono strozzato ma carico di un bisogno inconfondibile, e riprese a masturbarlo e a strusciarsi con movimenti sempre più frenetici. Aveva perso ogni controllo sulla propria bocca, ormai. A guidarlo c'era solo il desiderio di mordere, leccare e assaggiare ogni parte di lui, di marchiare ancora quel collo tentatore, di possederlo in modo così assoluto che Kairan non avrebbe mai dimenticato.

Gli bastò passare un polpastrello sulla punta della sua erezione perché il suo corpo si irrigidisse con un altro gemito, un suono che gli riverberò contro le dita.

Lo sentì spruzzare nel proprio pugno, liquido bollente nell'acqua fresca, e allora gli lasciò andare l'uccello per afferrare il proprio, toccandosi freneticamente con la bocca premuta contro la sua spalla. Pelle bronzea sotto le labbra, sapore di sangue e di neve, quel culo familiare contro il proprio cazzo, il respiro ansimante per il piacere.

Kairan tra le sue braccia.

Venne con un urlo soffocato, senza smettere di tenerlo contro il proprio torace, l'Exous che si risvegliava in una folata calda come per avvolgerli entrambi. Lo controllò a stento prima che quella folata diventasse una fiamma, poi ritrovò l'aria che i polmoni non avevano più accolto, troppo contratti dal piacere, e gli tolse le dita dalla bocca per portargliele sul ventre.

Appoggiò la fronte alla sua spalla, alla ricerca del proprio respiro, mentre Kairan era abbandonato contro di lui, tanto rilassato che se fossero stati su un materasso avrebbe potuto sembrare addormentato.

Che cazzo stiamo facendo?

Capitolo 15

Forse stava sognando.

O no, era abbastanza sicuro che l'acqua sulla pelle fosse reale. L'abbraccio in cui era avvolto, però, lo confondeva, perché non aveva creduto possibile poterlo sentire di nuovo. Non dopo ciò che era successo sei anni prima.

Rimase immobile e continuò a respirare a fondo come prima, senza irrigidirsi, per non rischiare di infrangere quella bolla di pace.

Lucien tremava, premuto contro la sua schiena. Avrebbe giurato che il viso posato sulla sua spalla fosse umido. Avrebbe dovuto girarsi e schernirlo per recuperare un vantaggio sempre più sottile. Avrebbe voluto girarsi e cercare le sue labbra.

Quando Lucien sciolse l'abbraccio per uscire dal laghetto e sparire in casa, Kairan restò a guardare davanti a sé nel silenzio, ad assaporare gli strascichi del suo tocco su una pelle già fredda.

***

Nella casa non si parlarono. Il disagio continuò ad avvolgerli a ogni movimento e occhiata negata. Si occupò di mantenere la carne ben conservata nel ghiaccio, mangiò senza sentire i sapori e lasciò che altre lente ore si trascinassero.

C'erano parole pronte a formarglisi sulla lingua.

Chiacchiere vuote, qualche provocazione, un commento più profondo, nato dal desiderio di scoprire se potessero davvero parlarsi come un tempo. Se avesse potuto, se non spiegarsi, almeno sapere cosa stesse passando per la mente dell'uomo che un tempo conosceva bene quanto se stesso.

Non le pronunciò mai. Sarebbero state troppo pesanti, in quel silenzio.

Quando la stanchezza gli suggerì di impiegare il proprio tempo dormendo, secondo la perla erano trascorsi tre giorni.

Non dovette dire nulla, Lucien lo seguì in camera senza una parola e si sdraiò sul letto. Il silenzio li avvolse e, anche se il sonno non arrivò subito, Kairan scivolò poco a poco nel torpore dei ricordi, di quando c'era sempre lo stesso respiro accanto a sé.

***

L'uomo degli Albericht lo aveva trovato la mattina poco dopo l'alba, portandogli del cibo fresco senza chiedergli nulla in cambio. Quel particolare lo aveva subito messo sul chi vive, ma nel contempo gli era sorta anche la folle speranza che forse lo avesse notato. Che forse stesse reclutando nuovi membri per il suo clan.

Erano già due volte che lo incaricava di qualche missione: piccoli furti, nulla di particolare, tranne che per la provenienza. Di solito, i componenti dei Grandi Quattro non si curavano dei randagi.

Aveva mangiato comunque ciò che gli era stato

offerto, perfino mentre i dubbi gli attanagliavano la mente. Nei suoi dieci anni di vita aveva imparato a riempirsi lo stomaco prima e affrontare le conseguenze poi.

L'uomo lo aveva guardato con un freddo sorriso, facendolo sentire ancora più indifeso con la sua spada decorata, i vestiti puliti e l'assenza di lividi recenti. Poi gli aveva posato un'arma sul palmo.

«Per te.»

Era stata la prima volta che aveva stretto le dita attorno a un coltello vero, non a quelle schegge di vetro che trovava al suolo.

«Vuoi far parte del clan e smettere di essere un randagio?»

Niente più paura, le notti trascorse a tremare, lo sforzo di sopravvivere giorno dopo ora dopo minuto. Kairan non aveva potuto fare a meno di annuire.

L'uomo gli aveva rivolto uno sguardo eloquente.

«Allora impara a guadagnartelo.»

Aveva dato un coltello ad altri nove randagi, con le stesse istruzioni. Non aveva mentito alla fine, non del tutto. Uno di loro era entrato a far parte del clan. Lui ci era riuscito. Aveva solo dovuto crearsi quella possibilità sui cadaveri degli altri nove.

***

Un incubo che era un ricordo. Un ricordo che tornava a fargli visita quando meno se lo aspettava. Lo sognò di nuovo. Sognò l'uomo. Zarek, il capo degli Albericht. Sognò la lama. Sognò il sangue. E lui non faceva altro che affondare…

Riaprì gli occhi su iridi cremisi. Ci mise un istante per rendersi conto che non era più nel territorio dei Ravik, quando era troppo giovane per impedirsi di sperare, e che a fissarlo era il nemico, non il Lucien adolescente.

«Non credevo che fossi capace di piangere,» commentò lui.

Portò le mani al viso e le ritrasse umide. Si ripulì dalle lacrime con un fremito di disgusto, prima di alzarsi a sedere. Il cuore sembrava non voler smettere di percuoterlo dall'interno.

Lucien si era fatto indietro per lasciargli spazio, ma lo stava ancora fissando, le braccia incrociate al petto e lo sguardo impenetrabile. «Cos'hai sognato?»

«La nostra prima volta.» Si costrinse a stirare le labbra in un sorriso, a non farle tremare. «Fortuna che sei migliorato, da allora.»

Non ci fu alcuna risposta. E lui l'avrebbe desiderata, avrebbe accolto con impazienza anche uno scontro, *soprattutto* uno scontro. Respirando a fondo, cercò di togliersi di dosso gli strascichi di quel sogno. Avrebbe dovuto alzarsi, stiracchiare i muscoli indolenziti e andare nel salotto per una colazione per cui non aveva affatto fame. Avrebbe dovuto riprendere il controllo sul proprio corpo che in quel momento gli sembrava di piombo e sbrigarsi a rendere quell'inizio di giornata del tutto simile a tutti gli altri.

Quando alla fine riuscì a rimettersi in piedi, Lucien si frappose tra lui e la porta.

«Ti dispiace?» gli chiese Kairan, un sopracciglio inarcato e l'aria più indifferente che riuscì a mostrare finché sentiva ancora la traccia umida sul dorso della mano.

Di nuovo dovette sostenere il suo sguardo, occhi che gli scivolavano sottopelle e cercavano di spogliarlo delle sue difese, di appropriarsi dei suoi pensieri. Forse preferiva quando lo odiavano e basta.

«Aiuta?»

Si fermò a un passo da lui. «Cosa?»

«Mentire a te stesso e rendere tutto qualcosa di cui ridere.» Il viso di Lucien si indurì ancora. «È così che riesci a vivere dopo aver sputato sopra a tutto ciò che avevi?»

Ciò che avevo? Non ho mai avuto niente.
Bugiardo.

Scoppiò in una risata che gli bruciò la gola, l'unica risposta che aveva trovato a quelle parole, e Lucien se ne andò lasciandolo solo con quel suono di sconfitta.

***

Dopo quello scambio ripresero a non parlarsi.

Le ore passarono lente, più ancora del giorno precedente, e i suoi stessi gesti gli risultavano meccanici, svuotati del loro scopo. Quasi li compisse perché non aveva idea di cos'altro fare altrimenti.

Evocava il ghiaccio per conservare la carne. Mangiavano in silenzio. Si ignoravano in silenzio. Si muovevano in silenzio in un ambiente ristretto che, per quanto lui cercasse di trascurarlo, conservava l'odore del sesso e gli echi dei loro gemiti. Non raggiunse più Lucien nel laghetto.

Invece approfittò di quei minuti di solitudine nella casa per affrontare le immagini che ribollivano dentro di lui dal proprio risveglio.

Era assurdo che si sentisse così vulnerabile ora quando non lo era mai stato, nemmeno da bambino.

Non si sopravviveva con la debolezza. O con i sentimenti, che nello *slum* erano la stessa cosa. Così aveva interpretato un soldato, fin da quando aveva memoria. Un soldato con una missione, per scalare i ranghi all'interno del suo clan e assicurarne la sopravvivenza schiacciando i rivali. Era sempre stato bravo a interpretare i ruoli.

Solo che poi aveva conosciuto Lucien. Figlio del capo dei Ravik, Portatore prodigio dall'età di sette anni. Aveva preso il posto come suo vice, come sua ombra. Aveva riso con lui, si era allenato, aveva ucciso e sfidato la morte e vissuto al suo fianco, come inseparabile compagno di un ragazzo dalle mani calde e il sorriso nascosto che era diventato qualcosa di più di un fratello. E, giorno dopo giorno, la finzione gli si era fusa alla pelle fino a quando aveva smesso di sapere da dove cominciassero le bugie.

Si passò le mani sul viso, grato di avere una stanza vuota come unico pubblico e che Lucien fosse ancora nel laghetto.

Poteva essere stato divertente pensare di provocarlo, ma quella vicinanza forzata aveva cominciato a logorarlo. Gli ricordava troppo gli anni della sua adolescenza. Gli ricordava l'illusione di avere una casa fondata sulla fiducia, non una conquistata nel sangue e piena di lame. E scoparci... quella non era stata la migliore tra le sue idee. Non aveva esorcizzato proprio un cazzo.

Chi vuoi prendere in giro? Lo hai fatto perché lo volevi. Lo hai fatto perché speravi di soddisfare un capriccio e invece hai scoperto che brucia ancor più dei ricordi.

Si irrigidì mentre in lui sorgeva il rifiuto.

È lui che desidera me. Lui.

Una realtà che aveva sempre saputo, fin da quando erano adolescenti. Fin da quando aveva iniziato a collezionare amanti giusto per godersi qualche minuto di piacere senza alcuno strascico. E poi c'era stato Lucien. Quando ogni suo tocco, ogni suo bacio diventava un ricordo, quando in quei contatti trovava un bisogno che con gli altri ragazzi e ragazze con cui era stato non lo aveva nemmeno sfiorato.

Per una semplice scopata si era fottuto con le sue mani, e a distanza di anni si stava fottendo di nuovo.

Non aveva nemmeno voglia di ridere alla propria, pessima battuta. La presenza di Lucien lo rendeva così stanco...

Fu solo quando udì quei familiari passi pesanti che sollevò il capo. La perla aveva appena cominciato ad annerirsi per la quarta frazione della sua superficie. Quando incrociò il suo sguardo, le parole gli salirono alla bocca in modo automatico.

«Sono passati tre giorni. Vale la pena fare un altro tentativo.»

Lucien si limitò ad annuire, per poi allungare la mano senza nemmeno guardarlo.

Prima avessero risolto quella situazione, meglio sarebbe stato per tutti. Tutto sarebbe tornato alla normalità.

***

Il potere gli cantò tra le dita, mentre mandava una lama di ghiaccio dritta nel petto del suo avversario più vicino. Con la coda dell'occhio scorse Lucien eliminare una guardia con un fendente al torace.

Fuori altri due.

Ne rimanevano sette. Corse a zigzag tra gli alberi per evitare di diventare un bersaglio. Si chinò in corsa sul nemico appena abbattuto, gli prese il pugnale e schizzò via l'attimo successivo, con l'adrenalina che gli riempiva le vene.

Una risata di puro piacere gli tentò le labbra. *Quello*. Era *quello* che voleva. Dopo gli ultimi giorni di intimità forzata, di apatia, potersi sfogare in uno scontro era bello quanto un orgasmo.

Lo avevano deciso entrambi, non appena scoperto che la ricerca nel bosco era stata sostituita da due grossi posti di blocco: un attacco combinato per farne piazza pulita, quindi utilizzare il resto della notte per la fuga. Così si erano gettati all'attacco, e Kairan era convinto che la frustrazione per i giorni nel Rifugio avesse tormentato anche Lucien.

Avevano assalito i nemici dai due lati e adesso lui aveva anche conquistato un'arma, una diversa da sé stesso. Ingaggiò un duello con un'altra guardia che avrebbe potuto uccidere con il proprio potere solo per il piacere di sentire l'acciaio che cozzava con altro acciaio.

Poco importava se il suo corpo era ancora dolorante, se gli bastava un movimento brusco per risvegliare una fitta tra le natiche assieme a un guizzo di eccitazione. Quello era il suo elemento.

Un fendente, due, tre, una finta, la guardia che si sbilanciava per parare una coltellata immaginaria, la sua gamba che le faceva perdere direttamente l'equilibrio, la lama che affondava nella sua gola fino all'impugnatura. Un'altra vittoria.

Estrasse il coltello, poi arretrò, incalzato da altri tre nemici. Una presenza gli si avvicinò alle spalle, qualcuno di caldo, non una minaccia. Per qualche attimo lui e Lucien si ritrovarono schiena contro schiena, in un copione tanto familiare che Kairan avrebbe potuto compiere la propria parte a occhi chiusi.

Ancora cinque nemici. Ancora quattro.

Si staccò da Lucien per un affondo, ma rimase sempre consapevole della sua presenza, delle sue mosse. Perfino dopo anni erano in sincronia, senza ostacolarsi nemmeno quando combattevano vicini.

Si girò per affrontare la spada che stava per calargli sulla testa e la congelò con un semplice movimento delle dita, assieme a metà corpo del suo avversario, ignorando l'uomo con il pugnale da lancio perché tanto c'era...

Perché...

Agonia vermiglia gli divorò il fianco. Con l'animo carico di orrore allungò la mano così da mandare tre lame di ghiaccio a conficcarsi nel petto del suo aggressore, poi crollò in ginocchio.

Allora è così che finisce.

Un refolo caldo gli accarezzò la pelle.

Lucien.

Sarebbe stata l'ultima sua percezione e provò quasi sollievo.

Il refolo divenne un'ondata. Calore soffocante che lo avvolgeva, fiamme che ruggivano tutte attorno a lui. Sbatté le palpebre per liberarsi il campo visivo dal dolore e lo vide, in piedi davanti a sé, la spada sollevata per colpire, non lui ma i loro nemici, e un anello di fuoco che li proteggeva come uno scudo.

«Tira fuori il Rifugio.»

Gli obbedì con dita viscide di sangue, per poi portare l'altra mano a toccargli la gamba quando attivò la perla.

E in un attimo il bosco si scompose nella luce.

Capitolo 16

Avevano colpito Kairan.

In qualsiasi altro frangente l'avrebbe creduta una trappola, se non fosse accaduto davanti ai suoi occhi e se in quel momento quel bugiardo non fosse stato ancora a terra, con il respiro spezzato dal dolore.

In fondo se lo merita, no?

Eppure non riusciva a staccare gli occhi dalla chiazza rossastra sul suo fianco, dal metallo che spuntava dove nessuno che non fosse lui avrebbe mai dovuto trovare un varco nella sua guardia.

Senza alzarsi, Kairan si trascinò verso la parete più vicina, fino a poterci posare la schiena. Rimase seduto con una mano premuta contro la ferita e i denti serrati mentre ansimava, poi strinse l'impugnatura del coltello ancora piantato nella sua carne, si tese ulteriormente e tirò.

Il coltello si liberò accompagnato da un fiotto di sangue e un urlo, per poi ricadere al suolo, mentre già lui premeva la mano contro la ferita e il suo potere si manifestava in un abbassamento della temperatura e piccoli cristalli lungo tutte le sue dita. Con le palpebre serrate sembrava che ogni respiro gli costasse una fatica sproporzionata.

In un'altra vita Lucien sarebbe già corso al suo fianco, impegnato ad aiutarlo a bendare la ferita, a preoccuparsi, a prendersi cura di lui al meglio delle proprie possibilità. E in quel momento…

Le sue dita ebbero uno spasmo. Avrebbe potuto ottenere la sua vendetta, avrebbe potuto scappare e far perdere le proprie tracce, dopo la caduta dell'ultima guardia nel bosco; e invece era tornato di nuovo in quel maledetto Rifugio. Ci erano tornati entrambi.

Quando si riaprirono, quegli occhi azzurri erano cupi per il dolore.

«Credevo mi avresti... lasciato morire.»

Anch'io.

Si chinò su di lui. «Troppo comodo. Ti porterò con me, nel mio clan. E non ti piacerà.»

Kairan scoppiò a ridere, la testa rovesciata all'indietro per quanto la parete lo permetteva, prima di squadrarlo con un'espressione tagliente.

«Esiste ancora?» Un altro respiro faticoso, un altro spasmo che gli attraversava il corpo. «Sono stato troppo buono. Avrei dovuto assicurarmi di annientarlo del tutto.»

«Sì. Siamo sopravvissuti, malgrado tutto. Malgrado te.»

Ricevette in risposta un'altra risata, che era solo la versione stanca e molto più debole della precedente.

La chiazza rossa sembrava continuare a propagarsi a dispetto del ghiaccio e il suo sguardo non riusciva a evitare di controllarla ogni pochi secondi.

Non avrebbe dovuto importargli. E invece lo disturbava, così come lo disturbava il modo in cui Kairan era stato ferito.

Lo aveva *visto*, un'immagine che gli si era impressa nella retina e non lo lasciava in pace.

Aveva visto il soldato prepararsi a lanciare il

coltello, aveva perfino sentito il suo stesso corpo muoversi, pronto a schermare Kairan come se non fosse successo nulla, come se fossero stati ancora dalla stessa parte.

Non è un amico.

Si era bloccato prima di compiere un passo e aveva affondato la propria amarezza e la propria lama nello stomaco del nemico più vicino. Kairan non aveva certo bisogno del suo aiuto, e lui non glielo avrebbe dato. Solo che non aveva schivato l'attacco.

«Avresti dovuto evitarlo,» gli disse, guardandogli il mento anziché gli occhi.

Kairan sorrise, pur con il viso contratto per il dolore.

«A quanto pare mi hai sopravvalutato.»

«Non rifilarmi le tue solite stronzate.» Avrebbe voluto prenderlo per il bavero e scrollarlo, scrollarlo fino a quando non lo avesse spogliato di tutte le sue bugie.

«Ho solo… commesso un errore.»

Era mai stato così pallido, Kairan? Il viso aveva assunto una tonalità grigiastra sotto l'abbronzatura. Era perfino più pallido di quando lo aveva baciato dopo quella prima scopata da stupido ragazzo innamorato.

Prima che potesse decidere se voleva controllargli la ferita, Kairan si frugò in tasca e gli lanciò il catalizzatore, che Lucien quasi lasciò cadere, preso alla sprovvista da un simile gesto. Ne fissò la superficie liscia, prima di riportare gli occhi su di lui.

«Basta un tocco dell'Exous per attivare il Rifugio. Non serve a tutti i costi il mio.» Le labbra di

Kairan ebbero un guizzo, che per un attimo attenuò le linee di dolore sul suo viso. «Ho mentito. Di nuovo.»

«Perché me lo stai dicendo?»

Lui sollevò la giacca per rivelare la ferita. La chiazza rossastra era molto più pronunciata, un rosso vivo che gli deturpava i vestiti, che non aveva ancora smesso di allargarsi.

I suoi occhi saettarono verso quelli di Kairan.

Perché quell'idiota non arrestava l'emorragia con il proprio potere?

Lui arricciò le labbra in una smorfia.

«Non è una situazione proprio rosea, per me.»

All'improvviso furono in due che faticavano a respirare in quella stanza.

Kairan ebbe un brivido, poi abbassò la mano sul pugnale che giaceva sul pavimento vicino alla sua coscia, macchiato del suo sangue.

«Allora. Cosa stai aspettando?»

«Cosa dovrei aspettare?»

«Mi odi.» Dita malferme si strinsero all'impugnatura. «E io sono qui. Inerme. Ai tuoi piedi. Dove mi volevi, no?»

Lucien serrò i pugni, tanto desideroso di un bersaglio che gli pulsavano le tempie.

«Non tentarmi.»

A dispetto della ferita, del respiro spezzato, della voce affaticata, Kairan si mosse con la rapidità di un serpente, quando la sua mano scattò e portò il pugnale a sfiorargli la gola.

«Sei lento, Lucien.»

«E tu sei ferito.»

Si fissarono nel silenzio, Kairan che gli passò la lama sulla carotide, senza ferirlo, solo per fargliene sentire il taglio, mentre lui si costringeva a rimanere immobile, il catalizzatore in una mano e il fuoco pronto a esplodere nell'altra. La sua spada era al suolo, dove l'aveva lasciata cadere non appena si erano ritrovati nel salotto del Rifugio, ma non ne avrebbe avuto bisogno per annientare quella minaccia, per debellarla prima che potesse fargli del male.

Poi Kairan inclinò il viso e ritrasse il pugnale, solo per porgerglielo dal lato dell'impugnatura.

«Sono io l'assassino. Quello che doveva uccidere il Reggente. Loro lo sanno.» Parlò rapido tra un ansito e l'altro, con la sicurezza di chi aveva ormai preso una decisione.

Per un attimo Lucien guardò il coltello senza muoversi, la mente invasa da quelle parole che si accavallavano fino a perdere il loro senso. Poi lo prese, con il cuore che gli doleva, rabbia e un'emozione ancora più profonda e a cui non osava dare un nome a darsi battaglia per il possesso del suo torace.

«Non mi piace quello che stai insinuando.»

«Potresti presentarti alle guardie con il mio cadavere. Magari accetterebbero la tua versione e ti risparmierebbero.»

«Chiudi la bocca!»

Kairan gli sorrise, in un baluginio di denti bianchi.

«Andiamo, non dirmi che non lo hai mai sognato. L'affondo di una lama, questione di un secondo, e avrai la gratitudine del Reggente e la tua vendetta. Il tuo clan potrebbe perfino ottenere il riconoscimento dalle autorità.»

«Lo trovi divertente?»

«Solo un po'.» La mano di Kairan coprì la sua attorno al manico del pugnale, mentre esponeva la gola. «Fa' in fretta, fratello.»

Fratello. Fratelli di sangue.

Aveva tredici anni e guardava quel moccioso pelle e ossa chiedendosi come avrebbe fatto a toglierselo dai piedi.

Aveva quindici anni e rideva per il braccio dolorante e il peso dell'amico sopra di sé, in corrispondenza del cuore, quando aveva creduto di vederlo precipitare verso la morte.

Aveva diciassette anni, suo padre era ancora vivo e Kairan era tutto ciò che poteva sentire sulle labbra.

Il respiro di Kairan intrecciato al suo, i suoi gemiti, il corpo che gli si raggomitolava contro come alla ricerca di calore. La sua risata.

«Andiamocene via, solo tu e io.»

Uno spasmo gli attraversò il viso.

«C'è mai stato qualcosa di vero negli anni in cui credevo di conoscerti?»

Kairan lo fissò sempre con quel freddo sorriso che non gli raggiungeva gli occhi.

«Nulla.»

La mano sulla sua non si spostò nemmeno quando lui vibrò il colpo.

Capitolo 17

«Ehi, Kairan.»

Quando si girò a quel richiamo, comprese subito che Lucien aveva delle notizie importanti da dargli. C'era un sorriso a illuminargli l'espressione, tinto di entusiasmo e di un orgoglio palpabile.

«Già finita la riunione?»

Per una volta non aveva cercato di spiare, visto il disastroso risultato del suo ultimo tentativo, limitandosi ad aspettarlo sul loro isolotto. E poi Lucien gli raccontava sempre ciò di cui parlavano.

«Sì.»

Il tramonto disegnava fuoco nei suoi capelli e si rifletteva in quegli occhi cremisi. Nel vedere quei colori e il sorriso fiero che faceva intuire l'uomo che sarebbe diventato, per la prima volta Kairan si rese conto di quanto fosse bello.

«Mio padre mi ha affidato la prima missione seria. Mi ha detto di scegliere un compagno con cui portarla a termine,» proseguì Lucien, mentre si sedeva al suo fianco. «Posso contare su di te, vero?»

Kairan si trattenne a fatica dal protendersi verso di lui.

«Sempre.»

Il sorriso si ampliò in un'immagine che gli si conficcò nel lato sinistro del petto e, mentre lui si sforzava di ricambiarlo, desiderò con tutto se stesso di non aver pronunciato solo una bugia.

MARY DURANTE

Capitolo 18

Con la mano stretta al pugnale, Lucien non riusciva a smettere di ansimare. Staccò le dita una a una, con il cuore che gli riempiva la testa di un galoppare furioso e uno strano senso di sollievo, in mezzo all'amarezza.

Aveva fatto la propria scelta. Che fosse la migliore o quella che gli avrebbe causato altro risentimento, altro dolore, non poteva saperlo ancora; ma almeno gli sembrava di aver raggiunto una conclusione.

Davanti a sé, Kairan era appoggiato alla parete con gli occhi sgranati. Li mantenne un istante nei suoi, prima di girare la testa di lato, dove la lama era conficcata nella parete a pochi centimetri dal suo collo.

«Credevo dovessi uccidermi.»

Lucien si ritrasse con una smorfia.

«Taci.» Lo aveva creduto anche lui, in piccola parte. Una frazione di secondo che era stata sommersa dal rifiuto più totale. Abbassò lo sguardo sulla ferita di Kairan, ancora di un rosso vivo, con il sangue che continuava a sgorgare, con un nuovo tipo di angoscia a mordergli il petto. «Perché non ti stai curando?»

«Troppo debole.»

Quelle parole si avvolsero attorno al suo cuore solo per strizzarlo. Kairan non ammetteva mai la propria vulnerabilità, nemmeno nei momenti più estremi. Gli tolse i vestiti dalla ferita con movimenti rapidi, usando il pugnale per lacerare e tagliare, fino a quando non ebbe rivelato la sua pelle. Sangue, e un buco aperto che non smetteva di grondare.

Si guardò intorno, ma i suoi occhi incontrarono ciò che già sapeva: pareti spoglie, un Rifugio privo di qualunque tipo di rifornimento medico. C'era solo l'acqua del laghetto, se avesse voluto dargli una pulita, nulla più di quello. Tornò a controllare la ferita, il campo visivo invaso dal sangue.

Sarebbe stata una crudele ironia del destino se avesse risparmiato quel bastardo solo per vederselo morire davanti agli occhi per un colpo che non aveva inferto lui.

Avresti dovuto schivarlo. Perché non l'hai fatto?

Gli abbassò di qualche centimetro i pantaloni per averli a distanza di sicurezza. Il fatto che quel gesto non venisse accolto da una battuta peggiorò la morsa che aveva cominciato ad accompagnare ogni respiro.

«Farà male,» lo avvertì.

Non era sicuro che Kairan lo avesse capito, a giudicare dalla confusione sotto il dolore che gli segnava i lineamenti.

Non importava.

Doveva fare in fretta.

Tutto ciò a cui pensava era alla ferita, al bisogno di chiuderla, perché non avrebbe mai accettato di perderlo in un modo così stupido, non per mano di un soldato sconosciuto che non avrebbe dovuto nemmeno toccarlo.

Si tolse i guanti, poi richiamò il proprio Exous sul palmo, sforzandosi di controllarlo e ridurne al minimo la potenza distruttiva, mentre gli posava l'altra mano sul torace per tenerlo fermo. Un ultimo istante di esitazione, con il petto stretto in una morsa che non si riusciva a spiegare del tutto.

Mi dispiace. Anche se dovrei esserne felice, mi dispiace.

Gli posò il fuoco in corrispondenza della ferita e Kairan urlò, stringendogli il polso in una presa convulsa, unghie che scavano nella carne, corpo che si contorceva, fino a quando non rimase immobile, le palpebre serrate e il petto che si alzava e si abbassava a sussulti, dando vita a un respiro spezzato. L'odore di carne bruciata gli si insinuò nelle narici assieme alla nausea, malgrado ormai si fosse abituato a una simile percezione.

Quando ritirò le fiamme e allontanò la mano di qualche centimetro, la ferita era stata cauterizzata. Rilasciò un sospiro silenzioso mentre si sforzava di rilassare i muscoli, che erano diventati grumi di ferro sottopelle alla prima nota di quell'urlo e ora non sembravano più capaci di tornare alla loro forma originaria.

Accasciato contro il muro, Kairan tremava senza accennare a riaprire gli occhi. Aveva ancora la mano avviluppata al suo polso. Lucien girò la propria per intrecciare le loro dita, pelle contro pelle, senza guanti di mezzo, come un tempo.

Era solo un'illusione. Non tornerà mai più.

Ma Kairan era lì, adesso. Ancora vivo.

Fu il fremito che attraversò quelle dita sporche di sangue che si erano aggrappate alle sue a fargli capire che non era svenuto.

«Perché?»

Avrebbe potuto guardarlo morire. Avrebbe potuto ucciderlo lui stesso, poco prima. E cosa avrebbe ottenuto a parte trascorrere il resto della vita tormentato dal suo ricordo, senza aver ricevuto delle risposte?

«Lo sai il perché.»

Kairan rise piano, per poi sussultare e soffocare un gemito a occhi chiusi. Ma quando tornò a sollevare le palpebre, il suo sguardo si era addolcito sotto il dolore.

«Sei uno stupido sentimentale.» Con movimenti penosi sollevò la mano stretta alla sua per portarsela sul viso. «Mi sei mancato.»

La sua guancia gli bruciava contro la pelle, molto più calda del solito, e forse quell'ammissione che gli aveva avvinto lo stomaco in una morsa era dovuta solo al delirio, ma Lucien non riuscì a ritrarre la mano.

Avrebbe dovuto, così come avrebbe dovuto urlargli contro tutta la propria rabbia, ricordargli che lo odiava. Ma prima avrebbe dovuto ricordare quell'ultima cosa a se stesso, anziché lasciarsi contaminare la mente dall'abbraccio nel laghetto, dalla nostalgia feroce che lo aveva colto quando era affondato dentro di lui.

Con un respiro più affaticato dei precedenti, Kairan lasciò scivolare la mano al suolo e chiuse gli occhi, la testa che gli ricadeva sulla spalla. Per un lunghissimo attimo la mente di Lucien fu piena solo di fredda preoccupazione, un gelo che gli partiva dalla nuca per espandersi nelle tempie e nei polmoni. Gli tastò la gola alla ricerca del battito, e quando lo sentì così debole e irregolare la paura raddoppiò.

Attento a muoversi senza scossoni, gli passò un braccio dietro le ginocchia e uno dietro la schiena, per poi alzarlo di peso. Ignorò il debole lamento con cui venne accolto, la sua priorità era togliere Kairan dal pavimento, stenderlo su un materasso e occuparsi del suo fianco prima che le sue condizioni si aggravassero ancora.

Perché quello stupido non aveva schivato?

Lo depositò sul letto con l'urgenza che gli formicolava in tutto il corpo. Quando fu sul punto di allontanarsi, scorse due fessure azzurre di nuovo aperte.

«Sapevo... che volevi portarmi a letto,» commentò Kairan in un soffio contro il suo collo.

Fastidio e sollievo lo invasero in egual misura, mentre si ritraeva.

«Solo perché ti credevo svenuto.»

«E perdermi te che mi fai da guaritore?» Uno spasmo gli contrasse i lineamenti, cancellando il sorriso. «Anche se di solito... curarmi faceva meno male.»

«La prossima volta impari a schivare con più prontezza.»

Gli tolse gli stivali, poi anche i pantaloni, lasciandogli solo la biancheria intima. Il resto dei vestiti, o almeno ciò che ne rimaneva dopo che li aveva tagliati con il pugnale, si accumulò al suolo finché Kairan non fu quasi del tutto nudo. Malgrado la temperatura elevata, non smetteva di tremare.

«Non muovere un muscolo finché non torno.»

«E dove vuoi che vada?» La voce ironica suonò stonata rispetto al solito. Perfino il suo tentativo di sorriso si perse tra i tremiti e nella sofferenza che gli cerchiava gli occhi. E quelle parole... A Lucien sembravano terribilmente simili a un melodrammatico addio.

Uscì di corsa portando con sé la giacca che gli aveva appena tolto. Ridurla a strisce di tessuto e inzupparle nel laghetto, per poi tornare in camera, gli prese solo un minuto, ma quando lo trovò con gli occhi chiusi il cuore accelerò lo stesso.

«Kairan.»

Lui sollevò le palpebre con sforzo evidente e lo guardò come se non riuscisse del tutto a metterlo a fuoco. Non importava, si accontentava che fosse cosciente. Gli porse il bicchiere che aveva riempito d'acqua e lo fece bere, poi cominciò il tormentoso compito di ripulirgli l'ustione. Per quanto stesse facendo del proprio meglio per non causargli altro dolore, a ogni minimo contatto Kairan sussultava o gemeva a denti stretti. Non provò mai a fermarlo, né si lamentò a parole, ma a Lucien bastava la tensione del suo corpo, bastavano gli spasmi delle dita aggrappate al lenzuolo e il modo in cui il suo respiro si spezzava all'improvviso, per sapere che gli stava infliggendo una tortura. Bruciava ancora, troppo caldo perché fosse naturale, ma lui non aveva altro che pezze umide e il proprio fuoco, e la convinzione di dover proseguire a tutti i costi nella decisione che aveva preso.

Una volta che fu soddisfatto, gli premette una striscia di tessuto umido sull'ustione, quindi usò quelle asciutte per improvvisare una fasciatura. Il resto delle pezze bagnate gliele mise sulla fronte e sui polsi.

«Finito,» commentò, in tono più brusco di quanto avrebbe desiderato. Voleva solo che fosse tutto finito davvero, che lo attendesse un sonno riposante di dieci o dodici ore, senza odore di carne bruciata, senza le sue urla, senza quei gemiti soffocati che gli si insinuavano sotto la pelle.

Kairan rilasciò un respiro tremante.

«Non mi avevi più chiamato per nome,» mormorò con uno strano tono, poi dovette notare la sua confusione perché proseguì: «Da quella notte. Da quando ci siamo rivisti.»

Lucien fece una smorfia.

«Sempre meglio che chiamarti fratello mentre ti sprono a uccidermi.»

Kairan rise piano, e perfino in quel suono trapelò la stanchezza. «Non mi sarebbe dispiaciuto se tu fossi stato davvero mio fratello.»

«Non si scopa tra fratelli.»

La mano di Kairan cercò la sua, poi gli passò un dito sul palmo, sull'unica cicatrice in quella porzione di pelle dovuta a una lama e non al fuoco.

«Più che fratelli. Lo hai detto tu.»

Lucien si ritrovò costretto a lottare contro la gola serrata per formulare una risposta. «Ero uno stupido.»

«Lo eri.»

Kairan scivolò nel sonno stringendogli la mano e lui lo guardò riposare con il rimpianto che gli assaliva

il petto a ogni respiro.
Qualche ora più tardi, la febbre si alzò fino a divorarlo.

Capitolo 19

Stava bruciando.

Non riusciva ad aprire gli occhi, ma sentiva lo stesso l'incendio che lo avviluppava e minacciava di smorzare ogni respiro.

Il fianco bruciava, la bocca bruciava, il suo cervello bruciava e lui non era nemmeno capace di urlare.

Trasse un respiro spezzato, mentre chi lo attorniava schiudeva le labbra in un ghigno. E sapeva, *sapeva* di non essere del tutto cosciente, ma li vedeva tutti attorno a sé, ombre che lo guardavano ardere in attesa che si riducesse in cenere.

Siete qui per assistere alla mia morte?

Lo avrebbe chiesto, se solo la sua bocca avesse collaborato, se non fosse stato sufficiente scorgere occhiate ostili in quelle sagome distanti. Non se ne sorprese. Quelli come lui non si lasciavano indietro persone piangenti o sguardi affranti.

Frammenti della sua vita lo bersagliarono uno più tagliente del precedente, mentre l'incendio si propagava.

Zarek che gli tendeva un pugnale, la sua prima arma. La sensazione di onnipotenza quando aveva effettuato il suo primo fendente, la violenza dei conati e il sapore della bile quando si era piegato sul corpo del randagio appena ucciso, mentre stringeva una lama sporca di sangue.

Adon che gli aveva accarezzato i capelli. Che gli diceva di fare attenzione negli scontri, come se ci tenesse. Che troneggiava su di lui decidendo se lasciarlo entrare nel proprio clan o scacciarlo via.

Forse sarebbe stato meglio. Per lui. Per Lu...

Lucien che era stato il suo sole. Le lacrime e l'odio sul suo viso quando gli aveva rivelato il proprio tradimento, la promessa di una vendetta che non era mai arrivata, a dispetto di tutto.

Mi dispiace.

Si avvinghiò al suo ricordo. Ai Ravik, a quei momenti in cui aveva potuto dimenticare la propria missione per diventare uno di loro, non un ex randagio che non aveva mai avuto nessuno. Aveva avuto Lucien. Aveva avuto una vita, per qualche anno. E anche se era stata tutta una bugia, era contento di andarsene con quell'immagine.

«Svegliati.»

Qualcuno lo chiamava, e un guizzo di fastidio si accese nello stordimento in cui stava precipitando. Se si abbandonava a quella caduta, gli sembrava che l'incendio non facesse nemmeno più così male.

«Respira, cazzo.»

Sempre quel timbro aspro e urgente che lo allontanava dalla pace. Il velo di soffice oscurità a cui si era arreso si squarciò e per un attimo gli parve di scorgere la stessa espressione disperata di sei anni prima, lo stesso dolore in occhi di sangue.

Perché? Ti ho tradito.

Eppure era lì, che gli parlava con voce concitata senza che lui riuscisse a distinguere le parole. Che gli passava panni umidi sulla fronte e sul viso, e gli portava alle labbra un bicchiere d'acqua, come unico sollievo contro quell'incendio di dolore. Era lì che lo guardava scivolare via e sembrava spaventato, non per ciò che aveva appena scoperto sulla loro adolescenza, ma per lui.

Le palpebre si richiusero prima che potesse dare un senso alla sua espressione.

«Usa il tuo cazzo di Exous. Ora.»

Lo stava... sfidando? Quando lui non riusciva nemmeno ad aprire gli occhi? Ma le mani che sentiva su di sé erano gentili, un tocco che sfiorava e studiava senza voler ferire. Dita ruvide, vecchie cicatrici familiari, gli ricordavano abbracci lontani e risate.

«Kairan!»

Il tono impellente di quell'ultimo richiamo lo attraversò in una scarica elettrica.

L'Exous.

Respirò poco alla volta, alla ricerca della concentrazione. Lo trovò, alla fine: un pulsare appena percettibile che prometteva sollievo. Si sforzò di raggiungerlo attraverso gli strati d'agonia che gli scombinavano i pensieri e la debolezza che minacciava di avvolgergli la mente e trascinarla lontano, in un abisso da cui non avrebbe più potuto risalire.

L'incendio lo divorava, sempre più doloroso mano a mano che si aggrappava alla propria coscienza; sarebbe stato così facile rinunciare e ritornare a un torpore dove quasi nulla lo raggiungeva più... Ma non con Lucien che pronunciava il suo nome.

Quando arrivò a sfiorare quel nucleo pulsante, il

freddo si irradiò nei suoi nervi mozzandogli il respiro. Suo, il suo potere, ciò che era sempre stato parte di lui da quando aveva dodici anni. Attinse quanto poteva per combattere le fiammate che gli avviluppavano il corpo e se ne avvolse, immergendosi in quel sollievo di ghiaccio. Durò solo pochi istanti, prima che la debolezza avesse il sopravvento e l'Exous tornasse fuori dalla sua portata.

L'incendio, però, era regredito. Lo sentiva sul fianco, più cenere che fiammate, mentre il resto del suo corpo era solo un ammasso inerte di stanchezza. Si ritrovò con qualcosa di duro premuto contro le labbra, acqua che gli riempiva la bocca, e poté deglutire per sopire la gola riarsa, mentre la voce di prima gli mormorava qualcosa. Non sembrava più arrabbiata, ora.

Nel suo ultimo guizzo di consapevolezza percepì la stretta di quella mano familiare sulla propria, prima di scivolare nell'oblio.

Capitolo 20

Lucien si massaggiò gli occhi prima di accasciarsi contro lo schienale della sedia con un sospiro.

Il pulsare alla testa accompagnava ogni battito troppo rapido del suo cuore e, con l'adrenalina ormai scemata, sentiva male in tutto il corpo.

Non ricordava nemmeno più da quante ore non dormisse. Il sonno e lo stordimento premevano da dietro le palpebre, rendendogliele pesanti ogni volta che le doveva riaprire. Aveva bisogno di una pausa. Forse solo un'ora. Due al massimo, giusto per recuperare le forze sufficienti ad andare avanti un altro giorno.

Un'urgenza che sapeva di frustrazione gli si allargò nel petto.

Non avevano tempo. Se Kairan non fosse stato così male, avrebbe già insistito per abbandonare il Rifugio e cercare di spostarsi il più possibile dai cadaveri che avevano lasciato nel bosco, così da avere una via di fuga. Per come stavano le cose, però…

La gola tornò a serrarsi, quasi un nemico gliela stesse stringendo con entrambe le mani. Aveva davvero creduto di vederlo morire, divorato dalla febbre.

Ma non è successo.

Le palpebre si spalancarono di scatto e gli occhi brucianti di stanchezza saettarono subito verso la sagoma inerte, per assicurarsi che il torace si sollevasse.

Ogni tanto si era lamentato nel sonno e nel momento peggiore si era anche svegliato, o forse era stato solo un episodio di delirio.

Aveva cercato di calmarlo, mentre quelle labbra esangui si muovevano senza sosta tra uno spasmo e l'altro. C'era stato anche il suo nome, in quell'accozzaglia di parole incomprensibili. Una delle ultime cose che gli aveva sentito pronunciare prima che sembrasse ormai spacciato. E lui non aveva potuto fare altro che guardarlo bruciare, con la stessa impotenza di quel giorno di sei anni prima a lacerarlo dall'interno, perché con tutta la sua rabbia, la disperazione e l'Exous non aveva potuto fare altro.

Invece Kairan aveva superato la crisi. Adesso dormiva, il respiro quasi regolare, la pelle ancora troppo calda, ma non bollente.

Lucien aveva dovuto staccare la sua mano dalla propria un dito alla volta, per andare a prendere dell'acqua e a inumidire delle nuove pezze. Avrebbe tanto voluto non sentirne la mancanza.

Gli si chiusero di nuovo gli occhi e per riaprirli dovette appellarsi a tutta la sua volontà.

Kairan aveva bisogno che lui fosse lucido e che pensasse a curarlo, visto com'era conciato.

Un nemico, sì, ma anche qualcos'altro. Un frammento del suo passato che lo feriva, che gli contraeva lo stomaco e rappresentava un enigma da risolvere. Non era pronto a perderlo.

La testa gli girò, quando cercò di raddrizzarla per

non lasciarla a ciondoloni contro lo scomodo schienale della sedia.

Un'ora al massimo.

Non importava cosa sarebbe successo una volta fuori di lì, ma non avrebbe accettato che Kairan morisse in quel modo.

Gli lanciò un'altra occhiata, cambiò le pezze sulla fronte e sui polsi, quindi si stese sul letto vicino. Il tempo di appoggiare la testa sul cuscino e stava già dormendo.

***

Riaprì gli occhi per trovare iridi azzurre che lo fissavano.

Si alzò di scatto, mentre prendeva nota delle condizioni di Kairan, prima ancora di assicurarsi che non fosse armato. Era sdraiato sul fianco sano, il viso un po' meno pallido, per quanto la traccia di dolore sui suoi lineamenti non fosse ancora scomparsa.

«Da quanto sei sveglio?»

«Da un po'.»

Fece una smorfia.

«Potevi svegliarmi.»

Non gli piaceva che Kairan fosse rimasto a guardarlo dormire. Era un pericolo, nonostante tutto, e sarebbe stato un folle a dimenticarsene. Ma ormai non era certo di crederci nemmeno lui.

Kairan abbozzò una scrollata di spalle.

«Sembrava che avessi bisogno di riposare.»

Senza perdere la smorfia sul viso, Lucien sciolse

i muscoli, ritrovando il sollievo di un corpo che aveva avuto qualche ora di tregua. Ci sarebbe voluto parecchio per recuperare la forma perfetta, ma adesso avrebbe potuto andare avanti un altro po' senza il timore di addormentarsi in piedi. Il problema, semmai, era un altro.

Di nuovo squadrò Kairan, che si stava alzando a sedere con cautela. «Le tue condizioni?»

«Meglio. Immagino di dover ringraziare le tue amorevoli cure.» Ma c'era qualcosa di stonato nel suo tono. Come le labbra che si arcuavano appena in una piega molto più gentile della sua tipica ironia. O l'esitazione con cui parlava. O gli occhi che lo studiavano, a dispetto della stanchezza, e gli ricordavano a ogni respiro della scelta fatta quando aveva stretto il pugnale tra le dita.

In quelle ultime ore era riuscito a scorgere debolezze inaspettate in un nemico che non sapeva nemmeno più come catalogare. E cosa stava trovando Kairan in lui?

Andò a prendere del cibo e dell'acqua per lasciarsi una simile domanda alle spalle. Quando tornò, gli porse tutto e riprese posto sulla sedia che aveva trascinato accanto al letto prima della crisi.

«Spero che tu riesca a mangiare da solo, perché non ho intenzione di imboccarti.»

L'ombra del solito sorriso gli guizzò un istante sulle labbra.

«Mi accontento che tu mi abbia portato a letto in braccio.»

«Non farci l'abitudine,» borbottò lui attorno a un

boccone di carne. Aveva dovuto cuocerla tutta, ora che non c'era più il ghiaccio a conservarla. Anche così, dubitava che sarebbe durata a lungo.

«Hai parlato nel sonno, sai?» commentò Kairan dopo aver deglutito un po' delle ultime bacche, ormai mezze avvizzite.

«E cosa avrei detto?»

«Parlavi con tuo padre. Gli chiedevi una nuova spada.»

Tutto l'appetito che poteva avere avuto si dileguò a quelle parole.

Erano trascorsi tre anni dalla sua morte. Una malattia fulminante ai polmoni, a cui forse avrebbe dovuto essere grato, perché almeno non era stato un nemico a portarglielo via. Ma suo padre non avrebbe dovuto morire da mercenario, dopo anni trascorsi in esilio da quello che era stato il suo territorio, senza un clan.

Lo sguardo incerto di Kairan gli risultò insopportabile.

«Ho sentito che è morto. È vero?»

Si alzò e gli diede subito le spalle.

«Non parlarmi più.»

Aveva ancora in tasca il catalizzatore che lui gli aveva ceduto. Avrebbe potuto andarsene, e in parte ne sentiva un bisogno disperato. Allontanarsi per sempre da quella parte del suo passato per tornare alle missioni come scorta, alle battaglie, a un'esistenza più semplice dove non metteva in discussione ogni singolo istante.

Meglio giornate vuote che quel misto di rabbia e rimpianto.

Uscì a prendere da bere e a respirare un po' quell'illusione d'aria fresca. Illusioni e bugie ovunque, quando si trattava di Kairan. Anche in quella realtà.

Quando tornò in camera, lui non si era mosso e accolse la sua entrata con uno sguardo stanco.

«Mi è dispiaciuto per Adon. Era un buon capo.» Gli occhi si abbassarono, un altro segno di debolezza che Lucien non credeva si sarebbe mai permesso. «In un'altra vita mi sarebbe piaciuto che fosse anche il mio.»

«Lo era. Sei tu che lo hai rifiutato.»

Pensava a te come a un figlio.

Rimasero parole incastrate sulla lingua, per non voler risvegliare un dolore già troppo intenso. Suo padre non aveva più parlato di Kairan dopo il tradimento.

«Ero una spia per conto degli Albericht. Fin dall'inizio.»

«Lo so.»

Mani malferme si strinsero al lenzuolo. «Cos'altro mi restava da fare?»

«Avresti potuto passare dalla nostra parte e abbandonare l'idea di tradirci.» Perfino mentre le pronunciava, quelle parole gli bruciarono la gola. Non avrebbe dovuto farlo. Aprire degli scenari per allargare il dolore del rimpianto, pensando a ciò che non sarebbe mai successo.

Kairan accennò una risata senza alcuna allegria.

«E godermi qualche giorno di finzione finché gli Albericht non avessero smascherato la mia identità e non avessero mandato degli assassini a farmi la festa?»

Per un istante dal suo viso trapelò il nemico. «Ammesso che non sareste stati voi a uccidermi per primi, una volta scoperto che ero una spia.»

«Ti avrei accettato,» ammise Lucien prima di potersi trattenere.

«Una spia degli Albericht?»

«Te, Kairan. Ti avrei creduto, avresti solo dovuto fidarti di me.»

Kairan non sorrise più. Rimase a fissarlo, occhi che frugavano il suo viso con un'intensità quasi disperata. Qualunque cosa avesse trovato dovette colpirlo spiacevolmente, perché tornò ad abbassare lo sguardo sulle proprie mani.

«Avevi ragione,» mormorò dopo qualche minuto. «Sembra che io distrugga tutto ciò che tocco.»

Il silenzio li avvolse di nuovo, e ogni volta sembrava più soffocante. Senza le battute ironiche e le provocazioni di Kairan, non sapeva nemmeno cosa aspettarsi. Era più facile sopportare il suo sarcasmo, le frasi taglienti di un nemico in salute. Averlo in quelle condizioni, l'ombra sconfitta di se stesso, gli trasmetteva solo un senso di sbagliato.

Mangiarono qualche boccone, quando Kairan insistette per alzarsi lo accompagnò all'esterno perché si svuotasse la vescica, quindi lo riportò a letto quasi di peso, cercando di non pensare a quanto fosse confortante il suo corpo contro il proprio; un corpo ancora vivo, con un battito forte e un tocco più fermo. Quanto la frustrazione e l'amarezza che gli gonfiavano il petto non riuscissero a cancellare il bisogno di saperlo sano e salvo. Il desiderio di sentirlo di nuovo suo.

Controllò che non stesse bruciando di febbre, poi il bisogno di solitudine lo attirò di nuovo verso la porta.

«Lucien.»

Si fermò, aspettando un istante per girarsi. Quel tono di Kairan, così esitante, non poteva presagire nulla di buono. Malgrado in quel momento desiderasse solo un po' di tregua da lui e dai suoi stessi pensieri, si girò per incrociare il suo viso. Per una volta, lui non incontrò i suoi occhi, mantenendo invece lo sguardo basso.

«Volevo dirti tutto. Dopo il primo anno. Forse un po' prima. Stavo cercando il coraggio di parlarti.» Un sorriso amaro prese forma sulle labbra. «Ogni sera, steso a letto, provavo nella mia testa dei discorsi. Ore e ore di prove, per quando mi sarei sentito pronto a vuotare il sacco.»

I pugni gli si serrarono a dispetto della propria volontà.

«Ma non l'hai fatto.»

«No,» concordò lui in un mormorio. «C'è stato quel giorno in cui mi hai raccontato di tua madre. Del tuo odio nei confronti degli Alberciht. E io...» Solo allora rialzò gli occhi a fissarlo. Gli stessi occhi del ragazzino che aveva salvato dalla morte in quella folle missione per rubare una bandiera. «Come potevo dirti che ero stato mandato da loro?»

«Eri un bambino, cazzo!» Il fuoco minacciò di esplodergli sulle dita assieme alla rabbia. «Non avevi ucciso tu mia madre, non eri tu il nostro nemico, finché non ti sei reso tale.»

Kairan sussultò, mentre accoglieva quelle parole come fossero ferite, che andavano a incrinare quell'aria di controllata amarezza per rivelare qualcosa di molto più doloroso.

Perché non me l'hai detto?

Con quell'ammissione a risuonargli nelle orecchie, Lucien poteva immaginare un'altra vita, una notte di sei anni prima che non si concludeva con uno scontro, sangue e disperazione. Poteva immaginare un futuro solo loro, e poté trovarlo riflesso anche negli occhi sgranati che si erano puntati nei suoi.

Se solo…

Il fuoco che gli tentava i polpastrelli scomparve e rimase solo un senso di perdita capace di soffocarlo.

«Avremmo potuto avere tutto.»

Gli diede le spalle per non vedere altre crepe diramarsi sulla sua espressione. Chiuse la porta con abbastanza forza da far tremare i muri, poi si sedette a tavola, affondò il viso nelle mani e contrasse tutti i muscoli per non emettere suono.

MARY DURANTE

Capitolo 21

La ferita pulsava.

Anche avvolta dal gelo dell'Exous, la sentiva dolere, una minaccia crescente che aveva scelto volutamente di ignorare. Ogni volta che l'incendio minacciava di risvegliarsi, attingeva a un po' del proprio potere per spegnerlo e tirare avanti. Presto o tardi avrebbe dovuto affrontare la realtà, il fatto che senza un guaritore difficilmente sarebbe riuscito a cavarsela e che il malessere capace di farlo sprofondare nell'oblio fosse sempre lì, in agguato. Ma in quel momento gli bastava riuscire a mantenere una finzione abbastanza credibile per convincere Lucien che stesse bene.

Avanzò nel buio, seguendo i suoi passi mentre si sforzava di non barcollare e non dare segni di cedimento che occhi troppo attenti avrebbero colto all'istante, perfino mentre sembrava dargli le spalle.

Lucien.

Capace di tormentarlo più della ferita e al tempo stesso di generargli un nodo alla gola con il semplice tocco di una mano sulla sua. Era stato il suo chiodo fisso fin da quando aveva ripreso conoscenza, lui e la loro ultima conversazione.

Non era ancora sicuro dei motivi che lo avevano spinto a confessare ad alta voce ciò che non si era mai nemmeno concesso di ammettere a se stesso. Forse perché la vicinanza di Lucien aveva scombinato tutti i suoi equilibri, rivelando debolezze che non avrebbero dovuto esistere. Forse perché, dopo anni e dopo aver visto il suo odio, aveva voluto provare a spiegare. Forse perché parte di lui era convinta che non si sarebbe salvato.

"Avremmo potuto avere tutto."

Quanto bruciavano quelle parole, se anche fossero state solo bugie che dipingevano un sogno impossibile.

E se Lucien era stato sincero, se davvero gli avrebbe creduto e non lo avrebbe abbandonato...

A quello non voleva pensare.

Non avevano più parlato dopo quello scambio, se non per decidere di rimettersi in marcia.

«Non hai più una giacca,» era stato l'unico commento di Lucien, quando lui aveva cominciato a rivestirsi.

«Tanto la odiavo.»

Non avrebbe sofferto il freddo. Aveva imparato a non curarsene, da quando aveva tradito Lucien.

Mettersi i calzoni e la camicia lo aveva fatto stare meglio all'istante. Era uno strato tra sé e il suo sguardo, una piccola difesa per nascondere la propria vulnerabilità, anche se in quegli ultimi giorni sapeva di essersi scoperto fin troppo.

Poi erano tornati alla realtà, al bosco, e avevano visto senza sorpresa che i soldati erano tornati a pattugliare la zona con più convinzione. Per quanto lo sfiancasse camminare, si era rifiutato di rimanere indietro o chiedergli di fermarsi. Avevano proseguito per buona parte della notte, schivando pattuglie e proseguendo dove gli alberi si infittivano, alla ricerca delle aree più isolate. Per quanto lentamente, si erano allontanati sempre più dal palazzo, fino a quando le prime luci dell'alba non li avevano convinti a desistere.

Muoversi di notte e tornare al Rifugio di giorno, era stato quello il piano. Così camminavano, un passo dopo l'altro, in percorsi contorti e un silenzio teso che acuiva la sua consapevolezza di essere solo un peso morto.

Fu la seconda sera che raggiunsero un punto d'arresto.

Il bosco finiva in un ampio spiazzo delimitato da due alture scoscese, che portava a un ponte. La loro via di fuga. Qualche gruppo di alberi c'era ancora, ma non avrebbe dato una copertura sufficiente a occultarli da sguardi attenti, soprattutto con le guardie che sorvegliavano la zona. Erano troppe. Un paio di dozzine accampate in lontananza, e chissà quante ce n'erano a una distanza ancora maggiore.

Kairan si sedette con un sospiro e chiuse gli occhi.

Aveva sperato che dopo i giorni di insuccessi gli uomini del Reggente si fossero rassegnati, invece eccoli lì, che bloccavano la via più vicina per la libertà.

Il tocco fuggevole su una spalla lo spinse a sollevare di nuovo le palpebre, per ritrovarsi con occhi cremisi che lo fissavano preoccupati.

«La ferita?»

Lui scosse la testa. «I soldati.»

Lucien fece una smorfia.

«Aspettiamo di vedere se abbassano la

vigilanza,» mormorò poi, la determinazione incisa sui lineamenti. «Altrimenti torniamo indietro e cerchiamo un'altra strada. Appena fa giorno torniamo al Rifugio, ci riposiamo e la sera riprendiamo la ricerca.»

«E quanto vuoi continuare così?»

«Quanto è necessario.»

Kairan annuì, senza le forze di ribattere, anche se sapeva che non poteva durare a lungo. Il Rifugio non era eterno, lui non stava migliorando, e quanto ci sarebbe voluto perché sbagliassero i calcoli e uscissero in piena luce? O si imbattessero nei soldati una volta tornati alla realtà?

In quel modo avrebbero finito per farsi uccidere entrambi e lui... lui si era adattato a ogni cosa pur di sopravvivere. Tutto era lecito.

«Dormi, se vuoi. Controllo io i soldati,» borbottò Lucien, per quanto tra loro sembrasse quello più esausto.

«D'accordo.»

Si appoggiò all'albero più vicino e chiuse gli occhi, pur senza abbandonarsi a un facile riposo.

Doveva solo aspettare che Lucien cedesse alla stanchezza, così avrebbe potuto fare la propria mossa.

Qualche altra ora di illusione, prima che tutto finisse.

Capitolo 22

Fu un'intuizione a svegliarlo.

Non aveva avuto nemmeno intenzione di addormentarsi, ma la tensione degli ultimi giorni, il bisogno di rimanere sempre vigile, di occuparsi di Kairan e di quella maledetta ferita che lo avvelenava, lo avevano sfiancato.

Sbatté le palpebre mentre recuperava la cognizione di ciò che lo circondava. Ancora notte, il che era un fattore positivo. Solo che Kairan non c'era.

Aggrottò la fronte con una stretta allo stomaco, mentre si metteva in ascolto. Perché quel dannato testardo non lo aveva svegliato, se aveva sentito il bisogno di pisciare? Si guardò attorno, già in piedi e pronto a muoversi, poi lo raggiunsero le voci. Soldati, troppo vicini, tanto che provò un fremito d'adrenalina unito al pizzicore del fuoco sui polpastrelli. Fortuna che si era svegliato in tempo.

E poi sentì una voce familiare.

«Vi ho detto che sono venuto da voi in pace, per parlamentare.»

Un colpo sordo, un tonfo, ma le sue orecchie ormai erano invase da un ronzio. Non era sicuro che sarebbe riuscito a udire altro, e di certo non a riconoscere le parole. Il suo corpo si era già mosso verso la fonte di quei rumori, un cauto passo dopo l'altro, mentre gli sembrava che il cuore dovesse scoppiargli da un momento all'altro.

Lo vide una manciata di secondi più tardi: Kairan al suolo, che cercava di rialzarsi, attorniato da una ventina di soldati con le armi sguainate. La pattuglia che aveva bloccato la via per il ponte era tutta schierata lì.

«E sentiamo, cosa saresti venuto a fare?» sbottò una guardia, salvo poi calciarlo al fianco e strappargli un gemito che raggiunse Lucien anche se li separavano una decina di metri. «No, resta a terra, cane.»

Kairan affondò le dita nell'erba, rimanendo carponi. La ferita. Quel bastardo lo aveva colpito proprio lì, e lui sarebbe stato pronto a bruciare ogni cosa, se solo fosse stato capace di muoversi, se davanti ai suoi occhi non stesse avvenendo ciò che temeva.

«Vi consegno l'attentatore del Reggente.»

No.

Lo stava facendo davvero.

Non riusciva a respirare, non riusciva nemmeno a provare rabbia per quel nuovo tradimento, solo la sensazione di una mano gigante che gli stritolava il petto.

«E dove sarebbe, sentiamo?»

Kairan sollevò la testa.

Anche se era di spalle, Lucien poté immaginare fin nei minimi particolari il suo sorriso. Quello stesso sorriso con cui lo aveva già tradito una volta, con cui gli aveva fatto a pezzi il cuore. E lui era stato stupido a sperare, a voler ritrovare qualcosa del loro vecchio rapporto pur sapendo che era stato solo una bugia. Doppiamente stupido a credere che Kairan fosse capace di tenere a qualcuno di diverso da se stesso.

«Lo avete davanti.»
Lucien smise di respirare.
«E l'altro?»
«Morto. L'ho ucciso io.»
Che cazzo sta succedendo?
«Perché ti sei consegnato?» chiese il capo, ponendo la stessa domanda che gli stava echeggiando nella testa.

In qualche modo, Kairan riuscì a scrollare le spalle e apparire arrogante anche mentre era al suolo.

«Mi avete bloccato ogni via di fuga, e io ho il nome di chi mi ha mandato. Lo darò al Reggente in cambio della mia vita.»

Quelle parole gli fecero guadagnare un altro colpo al fianco, e Lucien strinse i pugni.

Eccola, la rabbia, che sorse tanto improvvisa da spingerlo a serrare le palpebre per non liberare un'ondata di fuoco lungo tutto il bosco.

Solo un folle avrebbe potuto credere che lo avrebbero risparmiato, una volta caduto nelle loro mani.

Ma Kairan non era uno stupido, era solo un bastardo. E comprese in un lampo che lui sapeva, che quella era l'ennesima maschera, l'ennesima menzogna. Che Kairan non era andato da loro con la speranza di sopravvivere.

Quello che sembrava il capo delle guardie fece un cenno, e subito due dei suoi sottoposti lo presero per le braccia e lo alzarono in piedi.

«Prova a usare il tuo potere e ti ritroverai una freccia piantata nella gola prima che tu possa rendertene conto. Chiaro?» sbottò il capo.

Lui annuì.

Lo incatenarono e Kairan, l'uomo che era sempre stato pronto a lottare fin da quando lo aveva visto mordere a sangue Joel da bambino, non accennò neanche un gesto di ribellione.

«Mandate un messaggero a Osric, che liberi il passaggio e torni da Sua Eccellenza. Abbiamo trovato ciò che volevamo.»

Kairan si girò mentre le guardie si mettevano in moto. Un'occhiata verso il bosco, verso di lui, come se sapesse della sua presenza.

Un sorriso prese forma sulle sue labbra, senza alcuna sfumatura ironica o tagliente. Il sorriso di un tempo, quello che era solo loro, solo suo.

Poi i soldati lo strattonarono per costringerlo a camminare, tanti, troppi perché li potessero affrontare quando uno di loro era legato e ferito. E così Lucien rimase solo, con la via per la salvezza appena aperta e quel sorriso a tormentargli il petto.

Capitolo 23

Sapeva che non gli avrebbero mai permesso di arrivare davanti al Reggente senza prima cercare di estorcergli informazioni. Gli andava bene così. Doveva solo resistere un altro po', per dare a Lucien il tempo necessario a fuggire, e poi avrebbe raggiunto il suo scopo. Buona parte del suo scopo, almeno, perché non se ne sarebbe andato da quel mondo senza aver ottenuto la propria vendetta.

Urlò quando l'acciaio rovente gli si premette sul fianco, quello sano, nel posto speculare a dove la ferita cauterizzata era un sordo pulsare d'agonia a ogni respiro. Gli parve che durasse ore, che ormai la lama fosse parte del suo corpo per sempre, quando il suo aguzzino finalmente la ritrasse.

Gli cedettero le ginocchia e rimase appeso per i polsi al ramo a cui lo avevano legato. Un'altra fonte di sofferenza, seppur trascurabile in confronto allo stato del suo torace.

«Voglio il nome, figlio di puttana.»

Respirò affannosamente l'odore di bruciato della sua stessa carne, mentre scuoteva la testa a occhi chiusi. Il suo potere bramava per uscire, per fornire sollievo al fianco in fiamme e punire quei bastardi che osavano trattarlo in quel modo, ma la minaccia di ciò che gli sarebbe successo se solo avesse provato a servirsene era stata troppo concreta. Non aveva intenzione di morire, non ancora.

Di nuovo il coltello rovente, questa volta più in alto sul fianco, premuto contro una costola, e di nuovo lui urlò.

Aveva già perso la lotta con il proprio orgoglio dopo la prima ustione. E a cosa sarebbe servito soffrire in silenzio? Era ciò che aveva scelto. Doveva solo portarlo a termine, fino in fondo.

Perse conoscenza quando arrivarono più in alto, a imprimergli un'altra cicatrice all'interno del braccio.

Acqua gelida lo svegliò, poi un manrovescio sul viso già dolente. Rimase ad annaspare alla ricerca d'aria, cercando di rimettere a fuoco ciò che lo circondava, ma gli pulsavano le tempie, il corpo era un ammasso d'agonia vermiglia e non si sentiva più i polsi.

Quanto doveva resistere ancora? Urlò fino a restare senza voce mentre gli disegnavano ustioni per tutto il torace, scivolando nell'incoscienza solo per venire svegliato, senza sosta. Alla fine non ebbe nemmeno la forza di alzare il capo e rimase a gemere piano a testa china, troppo debole perfino per richiamare il proprio potere.

«Ancora non ti è venuta voglia di parlare? Al prossimo toccherà agli occhi.»

Quanto tempo era passato? Sperava che fosse abbastanza. Sollevò lentamente le palpebre, mentre scorgeva i contorni confusi della guardia che scaldava di nuovo la lama. Gli altri soldati erano tutti attorno a lui, due con le balestre pronte a scoccare, gli altri con armi bianche in pugno.

«Zarek,» esalò alla fine.

«Cos'hai detto?»

«Zarek.» Il nome gli uscì in un ansito. «Chi... mi ha mandato.»

Avrebbe sorriso se il dolore non fosse stato così consistente, mentre preparava le basi della sua vendetta. Gli dispiaceva solo non rimanere vivo per assistere, ma la vita non dava mai soddisfazioni complete. Quello gli sarebbe bastato.

«Capo degli Alberich... Lui... e il Conte Samson... complottavano.»

Una mano si strinse alla sua gola. Ruvida, sconosciuta, fastidiosa. Non come quella di Lucien.

«È la verità?»

Socchiuse gli occhi nel tentativo di intravedere i lineamenti del suo aguzzino, ma un'ondata di debolezza gli fece ciondolare la testa.

Colse a fatica un suono di disgusto, poi la mano scomparve e così la sua realtà. Quando riprese un barlume di coscienza, c'erano delle voci tutte attorno.

«Vado ad avvisare Sua Eccellenza.»

«Florian, Bael, accompagnatelo.»

«Di lui che ne facciamo?»

«Portiamolo a palazzo.»

«Io dico di ucciderlo qui.»

A Kairan non sarebbe dispiaciuto. Il dolore si era stabilizzato, adesso. Un pulsare continuo che gli dava la nausea, tanto intenso da impedirgli di pensare adeguatamente. Se tutto fosse finito in quel momento, avrebbe potuto finalmente riposare.

«No.» La detestata voce del suo aguzzino giunse a infrangere quella speranza di pace. «Sua Eccellenza potrebbe volerlo vivo.»

Con la vista che gli si faceva più offuscata a ogni battito di palpebre, seguì i suoi passi sempre più vicini. Poi un refolo di calore si insinuò tra le sue percezioni in una nota stonata. Un frammento del suo passato giunto a salutarlo ora che era così vicino a spezzarsi? Sarebbe stata la chiusura perfetta, avere alla fine lo stesso, indelebile ricordo con cui era iniziata l'unica parte della sua vita che rimpiangesse.

Solo che non era uno scherzo della sua mente esausta, o un'allucinazione nata dal dolore, non del tutto, considerando come si stesse facendo sempre più consistente, sempre più tangibile.

«Siete tutti i morti,» disse il calore crescente con una voce familiare, che non avrebbe dovuto trovarsi lì.

«Cosa...?» commentò la guardia, prima di girarsi.

E il calore esplose in una vampata. Fuoco ovunque, avvolgente, tanto intenso da impedirgli di respirare. Non distinse le parole concitate delle guardie, solo le loro urla, solo il ruggire di fiamme che divoravano ogni cosa, senza nemmeno lasciargli scorgere la loro fonte. Non ne aveva bisogno per sapere a chi appartenevano.

Perché?

Avrebbe dovuto essere lontano, già in fuga, al sicuro.

L'odore di carne carbonizzata cominciò a infastidirgli le narici, ravvivando la nausea. Il suo corpo bruciava, le nuove ferite che si sommavano alla vecchia ustione, ai polsi insensibili, allo sforzo che gli costava semplicemente continuare a respirare.

C'era un oceano di fuoco attorno a lui, che lo avvolgeva senza toccarlo. Respirò aria bollente e cenere, mentre le grida si affievolivano in sussulti, suoni strozzati e disumani, prima di morire del tutto. Le fiamme si spensero in un silenzio assoluto.

Sbatté le palpebre per liberarsi dallo stordimento, finché non riuscì a inquadrare un'unica sagoma ancora in piedi in mezzo agli alberi carbonizzati. Chiuse gli occhi e, quando trovò le forze per riaprirli di nuovo, la sagoma era a un soffio da lui, occhi cremisi dove si annidavano le stesse fiamme che avevano ridotto in cenere ogni cosa.

Solo quando cadde, per venire sorretto da braccia forti e adagiato al suolo, comprese che lo aveva slegato. Le mani sembravano ancora appartenere a un'altra persona, considerando che non gli rispondevano; il corpo era ancora un ammasso dolente di ferite.

«Kairan.»

Un braccio gli sorreggeva la testa e c'erano dita guantate che gli accarezzavano il viso, calde perfino attraverso il cuoio.

«Sei tornato,» pronunciò a fatica, attraverso la gola cosparsa di fuoco e pezzi di vetro.

«Sei un idiota.»

Lucien tremava quando lo strinse a sé. Era bollente, tanto da scottare, ma a Kairan non importava. Affondò il viso nel suo torace, avvolto dall'abbraccio di quello stupido che era tornato da lui, e si permise di sorridere.

MARY DURANTE

Capitolo 24

Idiota.
Kairan era stato un idiota.
Il vento che gli fischiava nelle orecchie non faceva nulla per attenuare il sangue che gli ribolliva nelle vene. Non lo sentiva nemmeno, tutto ciò che udiva erano le sue grida sempre più roche, mentre lui si era costretto a restare immobile, a non fare altro che assistere al suo dolore. Gli era costato tutto il proprio autocontrollo non intervenire subito e aspettare invece che alcune delle guardie se ne andassero, così da avere qualche possibilità di uccidere tutte le rimanenti.

Dover aspettare ad agire mentre quei figli di puttana torturavano Kairan gli aveva serrato lo stomaco in una morsa di spine, ogni suo urlo gli aveva scarnificato i pensieri e riempito la mente di rabbia vermiglia.

Se solo chiudeva gli occhi lo rivedeva legato al ramo, il corpo inerte e apparentemente senza vita, segnato da ustioni, e allora gli sembrava di nuovo di bruciare.

Lo strinse di più contro il proprio torace, mentre spronava il cavallo rubato alle guardie.

Non aveva nemmeno avuto il tempo di occuparsi delle sue ferite, si era limitato ad avvolgerlo nella propria giacca, farlo montare in sella e partire, ansioso di mettere la maggior distanza possibile tra loro e i soldati del Reggente.

Dopo la carneficina che aveva fatto, dubitava ci sarebbe voluto molto tempo perché si ritrovassero di nuovo inseguiti.

«Resisti ancora un po',» mormorò, attraverso il nodo che gli occludeva la gola.

Fiato sprecato perché non credeva che Kairan fosse abbastanza lucido da udirlo.

Ogni tanto scivolava nell'incoscienza, se ne accorgeva quando il suo corpo diventava un peso morto, e allora staccava una mano dalle redini per controllargli il polso o la gola, alla ricerca del battito che in quel momento per lui significava tutto. Da sveglio, ansimava di dolore a ogni respiro, le mani tremanti che si stringevano al cavallo o alla sella.

Lucien non vedeva l'ora di poter concedere una pausa a entrambi, così da accertarsi delle sue condizioni.

Galoppò per quasi un'ora, incurante dell'alba vicina. Quando ormai il cavallo aveva cominciato a schiumare, lo fermò, poi scivolò al suolo sorreggendo un Kairan a stento cosciente e, tenendo l'altra mano premuta sull'animale, fece entrare tutti e tre nel Rifugio.

«Adesso mi spieghi perché hai fatto una simile stronzata,» sbottò qualche minuto più tardi.

Steso sul letto, ma un po' rinfrancato dall'acqua e dalla pausa, Kairan gli rivolse uno sguardo duro.

«Così potevi scappare. Avevi più possibilità di me.» Trattenne il respiro mentre Lucien gli ripuliva un'ustione, rilasciando poi un respiro tremante. «E ho ottenuto la mia vendetta.»

Ho dovuto sentirti mentre ti torturavano. Ho dovuto rimanere fermo, senza poter intervenire, senza poter fare nulla.

Fu costretto a respirare a fondo prima di ritrovare il controllo.

«Vendetta?» gli chiese, soffermandosi sull'unica parte della sua risposta che non gli faceva venire voglia di colpirlo. Sì, aveva più possibilità, era più sano, più in forze, ma non era quello il punto, cazzo.

Kairan annuì.

«Zarek. L'ho,» strinse i denti quando lui passò la pezza bagnata su un'altra ustione, «denunciato.»

Lucien alzò gli occhi dal suo torace, quella distesa di pelle martoriata in cui ogni livido o bruciatura gli sembrava un'accusa.

«Il Reggente non lascerà vivi gli Albericht dopo il loro complotto,» disse, senza alcuna emozione.

«No. Esatto.»

All'ultima ustione, Kairan non trattenne un grido strozzato. Lucien si ritrasse prima del dovuto e uscì a prendere un po' d'aria, lasciandolo ansimante sul letto, il viso contratto per la sofferenza e il corpo costellato di ferite che sarebbero diventate nuove cicatrici.

Accarezzò il cavallo che aveva lasciato vicino al laghetto, prima di appoggiarsi al suo collo, esausto dopo quell'esplosione di fuoco e ancora più stanco per tutta la situazione. Avrebbe dato tutto per qualche ora di riposo assoluto, senza responsabilità, senza le urla dal timbro familiare che gli echeggiavano nella testa.

Dopo. Prima devo metterci al sicuro entrambi.

Quando tornò in camera, Kairan sembrava

essersi ripreso a sufficienza da respirare normalmente.
«Posso cavarmela,» lo accolse. «Non devi rimanere con me per forza.»
«Nelle tue condizioni?»
«Va meglio.» Perfino così ferito Kairan riusciva a suonare convincente mentre mentiva. «Siamo abbastanza lontani. Puoi lasciarmi il cavallo, se vuoi, e ho ancora qualche giorno nel Rifugio. Puoi andare.»
«Ti ho mai detto che a volte avrei tanta voglia di prenderti a pugni?»
Sulle sue labbra balenò un sorriso.
«Meglio i pugni della spada.»
Lucien non replicò, limitandosi a deglutire il nodo di frustrazione e ad allontanarsi. Gli concesse di riposare per qualche altro minuto, prima di prendere la spada e tirare fuori il catalizzatore.
«Dobbiamo ripartire.»
Un'ombra gli attraversò il viso, ma poi Kairan annuì. Necessitò del suo aiuto per salire a cavallo e, quando lui lo spronò al galoppo, riprese a lamentarsi a denti stretti e a irrigidirsi a ogni movimento brusco, ma non gli chiese di fermarsi.
Continuarono così per due giorni. Cavalcate disperate per distanziare gli inseguitori, brevi momenti di riposo nel Rifugio, mentre poco a poco Kairan si spegneva sempre più. Tra il poco cibo che riuscivano a recuperare in quella fuga e le ferite, ormai sembrava troppo debole perfino per parlare.
Quel ritmo infernale, il tempo impiegato a curargli le ustioni e la tensione costante avevano logorato anche lui, per non parlare delle energie spese

quando aveva ucciso tutte quelle guardie.
Lo meritavano.
Li avrebbe bruciati ancora, per quello che avevano fatto a Kairan.

Lo guardò riposare sul letto, raggomitolato sul fianco meno ferito, il viso tirato perfino nel sonno. Già temeva il momento in cui sarebbe stato costretto a svegliarlo per ripartire, con il suo respiro sofferente e la pelle grigiastra che non aveva più la sfumatura bronzea di un tempo.

Si passò una mano sugli occhi stanchi.

Anni di odio, di rancore, ed eccoli di nuovo lì, assieme, alleati contro l'intero regno. Gli sfuggì un sorriso ironico.

E tutto per un motivo insensato.

La mano volò al torace, dove qualcosa si era contratto a quel pensiero. Aveva cercato di racchiuderlo in profondità, di non considerarlo, ma da quando lui e Kairan avevano davvero parlato era rimasto ad avvelenarlo dall'interno.

Aveva creduto di volere delle risposte, mentre voleva solo un modo per riportare tutto a com'era prima del tradimento. Solo che non era possibile, e ora non gli restava più nulla.

Avrebbe preferito le bugie. Era più facile odiarlo finché Kairan gli si mostrava con quella facciata sarcastica e spietata, capace di cancellare il ricordo del ragazzo con cui era cresciuto. Era più facile pensarlo un mostro che aveva riso alle sue spalle mentre pianificava di tradirlo a cuor leggero.

È costato anche a lui.

Ormai non poteva negarlo, alla luce di tutto ciò che era successo.

Solo che, dopo aver ottenuto le sue risposte, dopo che Kairan gli aveva detto la verità, non stava affatto meglio.

La cosa peggiore era che lo capiva.

Un ragazzino vissuto senza una famiglia, senza un clan, che veniva mandato come spia. Poteva non perdonarlo per non essersi fidato di lui nel momento in cui era necessario, ma forse al suo posto avrebbe fatto lo stesso.

Odiava pensarlo come una vittima delle circostanze anziché il carnefice che si era immaginato per anni.

Lo odiava perché gli insinuava il dubbio che Kairan avesse tenuto a lui, che ci tenesse ancora, folle com'era stato a consegnarsi alle guardie.

Lo odiava perché quella speranza gli aveva fatto capire all'improvviso quanto fosse importante.

Un gemito lo strappò al rancore dei propri pensieri. La sagoma di fronte a lui si era raggomitolata ancora di più, colta da uno spasmo.

Gli sfiorò la guancia, in corrispondenza della cicatrice lasciata dal suo potere. Quando Kairan aprì occhi velati di dolore, aveva già ritirato la mano.

«Dobbiamo andare.»

Lui strinse i denti, poi annuì e scese dal letto. Sempre più stanco, sempre più debole, sempre più lontano. E quella fuga tormentosa continuò.

Capitolo 25

Kairan non era più sicuro di dove si trovasse. La maggior parte delle volte non sapeva nemmeno se fosse sveglio, se a sfrecciargli ai margini di un campo visivo sempre più distante fosse la realtà o solo un altro incubo.

Il suo mondo si era ridotto al corpo caldo di Lucien, al raro contatto delle sue mani sulla guancia, alle dita che controllavano le ferite risvegliando scintille d'agonia su carne già sofferente. E al dolore. Quello c'era sempre, un mare vasto che lo imprigionava trascinandolo verso il basso.

«Ci siamo quasi.»

Quelle parole urgenti gli suscitarono un faticoso cenno d'assenso, visto che aveva la gola troppo contratta per rispondere in altro modo. Mentivano, naturalmente, ma c'era comunque del conforto nel sapere che Lucien voleva spronarlo a resistere, che era preoccupato per lui. E in cambio Kairan avrebbe resistito tutto il tempo necessario.

Così si sforzava di riaprire gli occhi alla ricerca di un guizzo di lucidità, beveva e mangiava quello che gli veniva portato alla bocca e costringeva un corpo ormai allo stremo a continuare a funzionare.

***

Buio. Luce. Di nuovo buio.

Un materasso sotto la sua schiena, ma c'era un particolare diverso rispetto alle soste nel Rifugio, che gli insinuò una punta di disagio nella mente. Gli odori. Odori strani di erbe e di resina, di lenzuola pulite. Passi troppo leggeri, un vociare sommesso che non era indirizzato a lui. Sul suo corpo comparvero mani sconosciute, che non erano quelle di Lucien.

L'ultimo frammento di potere che possedeva si condensò tra le dita sotto forma di lama di ghiaccio, mentre si alzava a fatica su un gomito e quel tocco estraneo scompariva di scatto, accompagnato da un suono di sorpresa. Stava lottando per scendere dal letto, quando un'altra mano, quella giusta, gli si posò sulla spalla.

«Rilassati.»

Crollò sul materasso, ma aveva ancora la sua lama, e ci si aggrappò con il poco di forza che gli rimaneva. Quando sbatté le palpebre, riuscì a mettere a fuoco il viso di Lucien. Era tranquillo, anche se segnato dalla fatica, e le dita che gli percorsero il braccio fino al polso lo convinsero a lasciar dissolvere la propria arma.

«Chi?»

«Una guaritrice.»

Fu allora che riconobbe l'odore pungente delle erbe medicinali, il letto più morbido rispetto a quello del Rifugio, scorci di una stanza troppo luminosa ed estranea. Dietro a Lucien una sagoma indistinta si agitava, mormorando parole incomprensibili.

«È fidata?» chiese, incurante che lei fosse presente o meno.

Lucien sorrise. Non gli aveva ancora mollato il polso e anche attraverso i guanti sentiva il suo calore.

«No, ma più di altri. Le ho salvato la vita un paio di anni fa.»

Quello gli bastò.

«Resti?» gli chiese prima di potersi trattenere, mentre già cominciava a scivolare via.

Non sentì la sua risposta, ammesso che ce ne fosse stata una; solo la mano che si stringeva alla sua.

***

Quando si svegliò, per la prima volta da giorni si sentiva lucido. Il suo corpo era un focolaio d'agonia. Gli facevano male le ustioni dovute alla tortura, ma soprattutto il fianco dove era stato ferito, che gli inviava fitte roventi a ogni respiro.

C'era una fasciatura umida a coprirlo, da cui proveniva un tanfo maleodorante. Rifiutò l'impulso di strapparsi tutto di dosso, e invece si alzò a sedere con cautela, tremando per lo sforzo. Sperava solo che quella guaritrice sapesse ciò che faceva e non li volesse fregare.

Stava giusto per sfidare la debolezza e provare a rimettersi in piedi, quando Lucien entrò di scatto.

«Lo sapevo che avresti cercato di rialzarti,» sbottò. In un attimo posò sul comodino il vassoio che gli aveva portato, quindi gli fu di fronte, con un'espressione tesa per lo scontento. Sembrava un po' più riposato rispetto agli ultimi giorni, anche se i suoi occhi erano ancora infossati in cerchi scuri.

Kairan lanciò uno sguardo di desiderio al vassoio, dove una scodella piena di minestra emanava un profumino allettante, ma poi lasciò vagare l'attenzione nello scorcio di panorama che si intravedeva dalla finestra. Prato, qualche albero, nessun altro segno di case.

«Dobbiamo andare.»

Da quanto si erano fermati lì solo perché lui era ferito?

Avevano già perso troppo tempo. Avrebbero dovuto rimettersi subito in marcia, anche se il pensiero di cavalcare ancora in quell'alternanza di dolore e incoscienza lo nauseava.

«Non ci insegue nessuno, o almeno sono abbastanza lontani. Ora pensa solo a guarire.»

Avrebbe protestato, ma in un attimo si trovò seduto contro la testiera, con il cuscino a reggergli la schiena e il vassoio sulle gambe.

«Sai che il Reggente non si arrenderà.»

Non dopo che gli erano sfuggiti facendosi beffe del suo esercito e dopo tutte le guardie uccise.

«Non ci serve a niente scappare con te mezzo morto. Abbiamo del vantaggio, quindi tanto vale approfittarne. E non ti ho portato qui perché Baruan ti curasse solo per tornare al punto di partenza dopo un paio di giorni.»

Potresti andartene e lasciarmi qui.

Non disse nulla, invece prese il cucchiaio con dita abbastanza ferme da poter evitare l'umiliazione di farsi imboccare e si mise a mangiare. Forse era egoista da parte sua, ma Lucien non sembrava propenso ad accettarlo come un peso morto e abbandonarlo lì, e lui era troppo debole per rifiutare la consolazione della sua presenza, per quanto poco potesse durare.

***

Due giorni più tardi, anche Lucien cedette e si convinse a partire. Ringraziarono la guaritrice, quella donna di mezza età corpulenta e dai lineamenti induriti dalla vita che li salutò con parole secche e l'ammonimento a non fare il suo nome in caso venissero catturati, quindi si misero in marcia.

Cavalcare era ancora doloroso, ma ben lontano dal tormento della prima parte della fuga. Kairan era molto più cosciente, questa volta. Molto più consapevole delle braccia di Lucien attorno a sé, del suo torace, a cui trovava fin troppo facile appoggiarsi – «Posso salire dietro di te,» gli aveva detto, e lui aveva sbuffato: «Così magari svieni, cadi e ti rompi l'osso del collo? Non se ne parla.»

Del respiro che talvolta gli accarezzava la nuca.

Si era fatto il bagno prima di partire, a dispetto delle proteste sia di Lucien che della guaritrice, e con i vestiti puliti che lei gli aveva dato aveva cominciato a sentirsi di nuovo un essere umano.

Cavalcarono per cinque giorni, senza più usare il Rifugio che ormai aveva quasi esaurito la sua durata, ma accampandosi all'aperto e alternandosi a fare la guardia, attenti a non sfiancarsi troppo. Dopo aver oltrepassato un piccolo insediamento, trovarono una casa abbandonata ancora in buone condizioni in riva a un fiume e decisero di usarla per la notte.

Una visita discreta al villaggio da parte di Lucien portò delle informazioni interessanti: si diceva che il Reggente stesse portando avanti una caccia all'uomo più a ovest, ma le descrizioni dei ricercati erano abbastanza confuse da non metterli in pericolo e sembrava che quello stupido fosse convinto della presenza di complici che li avevano ospitati, aiutandoli a sfuggire alle sue guardie. Se davvero i soldati stavano battendo il territorio casa per casa, chilometro per chilometro, la fuga con l'aiuto del Rifugio aveva garantito loro un notevole vantaggio.

Nessuno nel villaggio possedeva i diritti di proprietà della casa sul fiume e nessuno pareva intenzionato a rivendicarla come propria, visto che il suo isolamento dal resto del villaggio la rendeva facile preda di briganti o belve feroci.

«Potremmo fermarci qui, finché non ti sarai rimesso.»

Kairan considerò il corpo dolorante, le dosi di unguento ancora da utilizzare che gli aveva dato Baruan, e si rimangiò la prudenza per annuire. Sembrava il posto ideale per riprendere le forze. Finse di non notare che Lucien aveva parlato al plurale. Come il suo stesso cuore avesse accelerato per quel commento che dava per scontato che i loro destini fossero ancora intrecciati.

E poi?

***

Due giorni diventarono quattro, poi otto.

La casa cominciò a sembrare più ospitale man mano che Lucien sistemava le assi rotte e riparava il tetto, e lui ripulì al meglio le stanze, che era chiaro non venissero usate da anni interi. C'era una camera sola, con tre letti singoli; probabilmente non ci aveva mai abitato una famiglia ma veniva piuttosto usata come punto di raccolta di cacciatori stagionali. Avevano pure trovato dei vestiti impolverati con cui sostituire i propri, ormai ridotti a degli stracci.

Erano andati avanti così giorno dopo giorno. Lucien usciva a caccia, o in esplorazione, e intanto lui si riposava il più possibile, chiedendosi come mai non fosse più capace di riempire la calma con la propria voce.

Mentre mangiavano l'uno di fronte all'altro o si trovavano nella stessa stanza sentiva commenti ironici formarsi sulla lingua, come un tempo, che morivano prima ancora di venire pronunciati. Non sapeva se ne aveva ancora il diritto. Non sapeva nemmeno cosa ci fosse ora tra loro, passati i ricordi, passato l'odio, passata la vendetta. Così rimaneva in silenzio, sentendo che si allontanavano sempre più, senza sapere cosa fare per impedirlo.

Non c'era più stata una mano sulla sua, o dita sulla sua guancia o una voce preoccupata che pronunciava il suo nome. Solo qualche domanda sulle sue condizioni o Lucien che gli diceva di non aspettarlo per pranzo perché avrebbe trascorso l'intera giornata a cacciare.

«Perché sei rimasto?» gli aveva chiesto a

bruciapelo la mattina del quinto giorno, dopo che si era medicato le ustioni. Il processo era ancora abbastanza doloroso da risultare detestabile e il fastidio e la frustrazione gli erano sgorgati dalle labbra senza che lui potesse fermarli.

Lucien aveva finito di infilarsi gli stivali prima di girarsi a fissarlo.

«Sei ferito.»

«E allora? Credevo mi odiassi, no? Che dovessi uccidermi.»

«Ne riparleremo quando guarirai.»

Non ne avevano più parlato. I giorni proseguivano e il divario tra loro si approfondiva, uno fatto di silenzi, non di odio e violenza. E Kairan non sapeva se fosse o meno un miglioramento, se quell'ansia crescente che gli scorreva sotto la pelle fosse solo una conseguenza della sua lenta guarigione e presto si sarebbe dissolta come il dolore alle ustioni, o se sarebbe esplosa nel modo peggiore.

Il sesto giorno, Lucien aveva costruito una rudimentale canna da pesca e da allora la loro dieta si era arricchita.

Kairan si sedeva su una roccia mentre lo guardava pescare e a volte, quando lui imprecava per un pesce perso o sorrideva carico di esultanza per una buona preda, gli sembrava quasi di poter afferrare un frammento di quel passato che rimpiangeva con tutto se stesso.

Il nono giorno Lucien lottò per minuti interi contro la corrente e il luccio che aveva abboccato, mentre la canna da pesca si torceva e scricchiolava, minacciando di rompersi perfino prima della lenza. A Kairan sarebbe stata sufficiente una spinta per farlo piombare in acqua. Poi si sarebbe trovato trascinato nel fiume a propria volta e lì avrebbero riso, si sarebbero schizzati a vicenda come da ragazzi e avrebbero combattuto per la supremazia mentre tornavano di nuovo più che fratelli. Compagni, l'uno l'ombra dell'altro.

Non puoi.

Si limitò a immaginare la scena, per poi incontrare gli occhi di Lucien una volta che riuscì a portare il pesce a riva. Lesse i suoi stessi pensieri in quello sguardo cupo e distante. O forse era solo una sua sciocca speranza.

La sera si ritirò per primo. Mise di nuovo l'unguento, quindi scivolò sotto le coperte. Era ancora sveglio quando sentì Lucien occupare il letto vicino senza una parola.

Cominciò a contare i secondi aspettando che lui si addormentasse, certo che non sarebbe riuscito a chiudere gli occhi tanto presto. Dall'interruzione della fuga, non aveva fatto altro che riposarsi e il sonno faticava ad arrivare. Si sentiva sospeso, in attesa di scoprire quale direzione avrebbe preso la propria vita una volta che fosse guarito del tutto.

Era facile tornare alla routine di un passato che gli aveva lasciato addosso cicatrici molto più profonde di quelle che aveva sul corpo. Tornare a considerare Lucien una parte della sua normalità, della sua vita, anziché un uomo che aveva tradito e un nemico che prima o poi avrebbe voluto il suo sangue o lo avrebbe abbandonato.

Ogni notte lo ascoltava dormire mentre si davano le spalle, chiedendosi se la mattina dopo fosse infine quella in cui la tregua si sarebbe infranta e si sarebbe trovato da solo, proprio come all'inizio della sua vita, o negli ultimi sei anni presso il clan degli Albericht.

Non voglio.

Se ne rese conto con una vividezza capace di ferirlo.

Strinse le dita al lenzuolo, concedendosi solo quell'unica dimostrazione di turbamento, per evitare di mettere in allerta Lucien, che ultimamente sembrava fin troppo sensibile alle sue condizioni e alla variazione del suo respiro.

Non voleva rinunciare a tutto quello. Non voleva che tutto finisse. Solo che ormai temeva fosse troppo tardi per averlo per sé. Poteva solo assaporarlo finché durava e sperare che i ricordi gli bastassero.

Capitolo 26

Si diceva che i Portatori fossero più resistenti rispetto agli esseri umani normali. Dopo aver visto cos'era successo con Kairan, Lucien non stentava a crederlo.

Con la sua voce cupa, Baruan gli aveva predetto che non avrebbe passato la notte. La ferita aveva fatto infezione e solo il freddo in cui era stata rinchiusa le aveva impedito di mandare in cancrena il corpo intero.

«Non mi importa. Curalo.»

Era stato capace di ripetere solo quell'ordine, mentre lo guardava contorcersi per il dolore, mentre la guaritrice gli riapriva la ferita e scavava nella carne per ripulirla dal pus.

«Curalo.»

La sua voce si era fatta roca per la stanchezza alla fine di quel processo, ma era rimasto ugualmente a vegliarlo, seduto accanto al materasso, gli occhi puntati sull'uomo che, più di tutti, aveva influenzato la sua esistenza.

E Kairan era sopravvissuto.

Adesso che le sue condizioni miglioravano sempre più, la paura di assistere alla sua morte aveva cominciato ad allentare la propria presa, ma c'erano ancora notti in cui Lucien sognava quelle ore terribili a casa di Baruan.

Allungò una mano verso il suo viso, per poi fermarsi a un soffio dalla guancia e posarla invece sul materasso.

Kairan gli dava sempre le spalle prima di addormentarsi, ma se la mattina era lui a svegliarsi per primo lo trovava rivolto dalla propria parte, come in quel momento.

Era così sereno, mentre riposava. Del tutto diverso dal nemico che lo fissava con l'espressione ghignante o dall'uomo sfiancato dal dolore che lo aveva accompagnato nella fuga. I capelli sciolti gli coprivano la spalla nuda e scendevano sul torace, più lunghi di quanto li avesse mai portati da ragazzo. Le sue dita fremevano per immergersi nelle ciocche corvine. Non lo aveva fatto durante quell'unica scopata dopo che si erano ritrovati, né lo aveva fatto nel laghetto, quando sarebbe stato un gesto troppo intimo.

Eppure lo desiderava.

Kairan aprì le palpebre mentre lui stava ancora dibattendo se un simile tocco lo avrebbe svegliato.

«Lucien?»

«Volevo dirti che andrò a caccia oggi.»

Subito lui si alzò a sedere. «Vengo anch'io.»

«Dove stai andando?»

Aveva tredici anni e mezzo, la sua prima spada gli pesava lungo il fianco e c'era un sole cocente a splendere su lui e su Kairan. «Mio padre mi ha affidato una missione.»

«Vengo anch'io.»

«Se proprio devi...» Ma gli aveva fatto piacere, come ogni cosa di quel ragazzino che era diventato la sua ombra e riempiva i suoi silenzi con una voce allegra.

Era stato così facile, un tempo. Così bianco e nero, ogni cosa ben definita, amico o nemico, minaccia o rassicurazione, il suo clan e gli altri. Persone a cui teneva e avversari da odiare.

Scosse la testa davanti allo sguardo di questo nuovo Kairan, più adulto, che aveva la guancia segnata dalla sua mano.

«Ci vediamo questa sera.»

Sentì i suoi occhi seguirlo fino a quando non si chiuse la porta alle spalle.

***

Il sonno lo eludeva.

Perfino dopo una giornata trascorsa nei boschi a cacciare e con il corpo che gli doleva piacevolmente per la stanchezza, sembrava che non riuscisse a rilassarsi.

Kairan era stato taciturno al suo ritorno. Lo erano stati entrambi, e quel silenzio gli si era appiccicato addosso simile a una ragnatela.

Si alzò nell'oscurità della camera, con il bisogno di sgranchirsi. L'esterno lo chiamava, con la promessa di una brezza capace di rinfrescare il corpo sudato e il sottofondo ideale per i troppi pensieri che gli affollavano la mente.

Presente e passato, vendetta e desiderio, odio e amore. E Kairan, che gli si era insinuato così tanto sottopelle da non poterlo estirpare senza scarnificare la persona che era diventato.

Abbassò lo sguardo sul suo viso mentre gli

passava accanto. Al contrario della mattina, il suo sonno era agitato, i lineamenti corrucciati, il respiro troppo rapido, la bocca una linea sottile carica di tensione. Non aveva i guanti e il rinnovato bisogno di posare una carezza sulla sua guancia, pelle contro pelle, gli faceva fremere le dita.

Forse questa volta lo avrebbe fatto, attento a non svegliarlo, ma gli occhi di Kairan si aprirono all'improvviso. Panico gli contorse il viso, perfino mentre lo fissava, e subito una mano saettò ad afferrargli il polso, con dita troppo fredde che gli penetrarono nella carne.

Un respiro strozzato lo scosse, prima che sbattesse le palpebre e sembrasse metterlo a fuoco.

«Sei ancora qui.» La stretta si allentò, anche se aveva parlato con voce roca.

Lucien si sedette sul materasso.

«Sì. Non me ne andrei nella notte.»

Poco a poco il panico sui lineamenti di Kairan si dissolse, lasciando spazio al fantasma della solita espressione ironica.

«Tanto sono sempre stato il più bravo a seguire le tracce.»

Ma non lasciò la presa sulla sua mano.

Lucien intrecciò le dita alle sue, rimanendo seduto al suo fianco fino a quando non lo vide abbassare le palpebre e il respiro concitato del risveglio non lasciò spazio a un ritmo molto più regolare. Anche allora lo guardò dormire, restio ad andarsene, mentre nel buio cercava di fare il conto di quanto aveva perso e quanto aveva ritrovato.

Capitolo 27

Il ghiaccio vorticava sul suo palmo, sempre più freddo, nella prima rassicurazione che aveva sperimentato nella sua vita; l'unica, prima di incontrare Lucien.

Sei debole.

Schegge di ghiaccio cominciarono a disseminarsi sull'erba attorno al tronco su cui era seduto.

Chi è debole muore.

E lui si era svegliato in preda al panico solo perché aveva creduto di essere stato abbandonato. Poteva sentire ancora quel tocco caldo sotto il proprio palmo, dita intrecciate alle sue e il bisogno di avere la promessa che lo avrebbe sentito ancora, a ogni risveglio della propria vita.

Cosa farai quando sarai guarito?

La ferita ormai lo infastidiva sempre più di rado e solo quando compiva movimenti bruschi. Poteva solo centellinare quegli ultimi giorni di convalescenza.

Cosa gli rimaneva? Uccidere Lucien e la sua debolezza. Fuggire via dall'unica persona che poteva ferirlo e cercare di sopravvivere al vuoto che avrebbe preso possesso del suo petto. *Mai.* Non lo avrebbe tradito di nuovo, non dopo che quella era stata l'unica, tra tutte le sue azioni macchiate di sangue, che non aveva mai smesso di tormentarlo.

Ma con Lucien nella propria vita il suo mondo si era ribaltato.

Di nuovo.

Attinse ancora al potere, mentre la temperatura dell'aria si abbassava e in quella porzione di foresta scendeva il silenzio.

Fu un fruscio che lo spinse a girarsi di scatto, solo per incontrare un bambino che lo fissava con occhi sgranati. Capelli biondi e aggrovigliati, guance paffute di chi veniva nutrito a sufficienza, un viso pulito, anche se troppo pallido. Doveva avere otto, forse dieci anni. Abbastanza da sapere cosa aveva visto. Abbastanza da essere pericoloso e da rendersi conto di aver scoperto qualcosa che non avrebbe dovuto trovare.

Lo raggiunse senza fretta, notando che la paura lo aveva congelato sul posto prima ancora che lui potesse ottenere lo stesso effetto con l'Exous. Quando gli si fermò di fronte, il bambino si limitò a sollevare la testa, tremando, con le mani sporche di terra che si contorcevano l'una contro l'altra. Un bastone rozzamente intagliato come una spada gli pendeva da un fianco, legato a una cintura logora. Doveva essersi allontanato dal villaggio per giocare, senza accorgersi di avere sconfinato nel bosco.

L'Exous aveva già cominciato a formarsi sul suo palmo.

«Mi dispiace, sei stato sfortunato a vedermi.»

Si preparò a colpire, gli occhi puntati nelle stesse lacrime che aveva trovato in troppi visi fin da quando aveva memoria. Lacrime che erano debolezza, che erano il primo segnale di una morte incombente. Lacrime che avevano bruciato le sue stesse guance durante il proprio tradimento.

Si bloccò con la mano a mezz'aria e il ghiaccio che vorticava sul palmo senza aver ancora assunto la forma di un pugnale.

Con lui non c'era nessuno che avrebbe colto quell'atto di debolezza come un invito a sfidarlo o un segnale che fosse giunto il momento di prendere la sua vita. Non c'erano più gli Albericht, non c'erano altri randagi della sua età o più grossi. C'era solo Lucien.

Avrebbe potuto uccidere quel bambino che lo fissava con occhi sgranati e lacrimosi, paralizzato dalla paura, e assicurarsi degli altri giorni di tregua da chi li inseguiva. O avrebbe potuto risparmiarlo, permettergli di avere una vita, di crescere e forse diventare una brava persona, non qualcuno come lui.

***

«Perché stai facendo i bagagli?»

Kairan non si girò nemmeno verso Lucien, appena entrato in camera.

«Dobbiamo andarcene.» Terminò di infilare gli ultimi vestiti nella sacca quando una mano guantata gli fermò il polso. Sollevò gli occhi solo per incrociare uno sguardo preoccupato.

«Cos'è successo?»

«Un bambino. Mi ha visto che manipolavo il ghiaccio.»

Trascorsero secondi lunghi quanto minuti, mentre in quegli occhi familiari si accendeva un barlume di comprensione.

«Avresti potuto ucciderlo.»

«Non ho mai detto di avere del buonsenso.»

Lucien sbuffò in quella che sembrava una risata, ma non disse nulla, lasciando che il silenzio calasse sempre più pesante ad alimentare i suoi dubbi.

Si alzò senza più guardarlo, perché non era sicuro di poter mantenere i lineamenti rilassati mentre lo fronteggiava.

«Puoi rimanere qui.» Perfino mentre si costringeva a proporlo sentì ogni sillaba perforargli la lingua quasi fosse stata rivestita di aghi. Era stato suo l'errore, sua la decisione finale di risparmiare un pericolo. «Non c'è motivo che tu fugga per causa mia.»

Lucien gli posò la mano sulla spalla e strinse, in un contatto ancor più prezioso del sollievo negli occhi del bambino, prima di oltrepassarlo.

«Andiamo.»

Con le dita che formicolavano per il bisogno di ricercare il fantasma di quel tocco, Kairan si mise la sacca in spalla e, ignorando la ferita che pulsava, uscì dalla casa. Non sapeva la meta, ma gli bastava sapere che sarebbero partiti assieme. Che per una volta non avesse lasciato dietro di sé solo sangue e cadaveri non era un brutto pensiero.

Capitolo 28

«Esci?»

La voce di Kairan lo raggiunse quando si stava infilando gli stivali. A quanto pareva non sarebbe mai stato capace di andarsene senza svegliarlo.

«Cerco un po' di provviste.» Finì di prepararsi, quindi prese la sacca con i loro risparmi e un rudimentale bastone da viaggio. Non si sorprese del tutto quando trovò Kairan seduto sul materasso e già intento a legarsi i capelli.

«Ti accompagno.»

Gli occhi gli corsero per istinto verso il fianco. La ferita era chiusa e in via di guarigione, con un aspetto migliore rispetto a quando si erano stabiliti in quella casa una decina di giorni prima. Eppure non poteva smettere di rivedere il sangue, le ustioni, un corpo che sussultava tra gli spasmi e si allontanava sempre più da lui.

«Preferisco andare da solo.»

Kairan si irrigidì.

«Sono guarito, ormai.»

Gli posò una mano sulla spalla. «No.»

Aveva bisogno di pensare. Lo sentì tendersi, il rifiuto inciso in ogni tratto, e venne colto dal duplice impulso di scusarsi e di allontanarsi da lui. Poi la mano sfuggì alla sua volontà e risalì fino alla cicatrice sulla guancia. La percorse con due dita mentre Kairan lo guardava, azzurro cupo in cui avrebbe potuto perdersi per sempre, in cui non c'erano risposte, solo altri pericoli. Le sue labbra si schiusero, invitanti.

«Lucien,» pronunciò in un soffio, con un sottofondo roco che gli generò un brivido.

Si chinò su di lui senza più pensare.

Appena prima che premesse la bocca sulla sua, Kairan si ritrasse, in un rifiuto che gli strinse lo stomaco. Si raddrizzò senza più toccarlo.

«Cosa c'è? Mi guardi in faccia mentre ti scopo ma non riesci ad accettare un bacio?»

Lui abbassò lo sguardo senza dire niente per lunghi secondi, amplificando il sordo rancore che gli si agitava nel petto.

«È... più difficile con i baci,» mormorò poi.

Alla sua occhiata confusa, Kairan tornò ad alzare la testa, fronteggiandolo con la stessa vulnerabilità dei giorni della fuga.

«Dimenticarsene, quando non ci saranno più.»

«Come se tu non potessi trovare qualcuno che ti baci.»

«Non voglio *qualcuno*.»

E cosa vuoi allora? Chi vuoi?

Aveva paura di conoscere la risposta, così nascose quella domanda dietro le labbra e finì di vestirsi.

«Tornerò prima di sera.»

Questa volta Kairan non gli chiese di accompagnarlo, si limitò a un saluto incolore, e presto lui si ritrovò all'esterno, a respirare l'aria fresca di pioggia di inizio mattina e con un peso a opprimergli il petto.

***

«Come sta tuo fratello?»
Lucien sorrise al mercante.
«Bene, per fortuna si sta rimettendo.»
Gli abitanti del villaggio avevano creduto senza problemi alla sua storia di essersi trasferito lì con il fratello per seguirlo durante le lunghe giornate di guarigione. Avevano affittato una casa isolata e mezza in rovina, pagandola poche corone, e il cavallo che aveva venduto, un ottimo purosangue, era servito a dargli credito come un giovane rampollo di una famiglia benestante, che si era trovato alle prese con un fratello convalescente e aveva preferito portarlo lontano dal caos della città. Aveva fatto attenzione ad andare nel villaggio solo di notte e a rimanere lontano dalle lampade, in modo da camuffare il più possibile il colore dei propri occhi.

Parlava poco e pagava senza mai contrattare sul prezzo, così risvegliava sguardi curiosi ma privi di ostilità.

Nessun soldato era arrivato fino a quel villaggio. Forse lo consideravano troppo piccolo per degnarlo di attenzione, o la guaritrice aveva realmente tenuto la bocca chiusa.

«Mi fa piacere, mi fa piacere.» Il mercante scosse la testa. «Brutta cosa essere feriti da un cinghiale.»

Gli sorrise. «La prossima volta sarà più prudente.»

Per un po' si concesse di vedere la merce. Era l'unico negozio del villaggio e vendeva un po' di tutto. Per la maggior parte si trattava di chincaglieria senza alcun valore, ma i prezzi erano onesti. All'esterno, il sole era quasi del tutto tramontato. La giornata trascorsa lontano da Kairan aveva solo acuito il suo nervosismo, assieme al bisogno di una risoluzione, così aveva raggiunto il villaggio spinto da un impulso del momento.

«Presto ce ne andremo, sono venuto a fare gli ultimi acquisti,» commentò.

«Certamente. In cosa posso servirti?»

Era tempo di farla finita con le illusioni e lo stupido desiderio di riportare tutto al passato.

«Vorrei due spade.»

***

Aspettò la mattina successiva per affrontare il discorso.

Quando era tornato, ormai di notte, Kairan non aveva detto nulla, limitandosi a studiarlo in silenzio e a corrugare la fronte dinanzi alla sacca chiusa con cui si era presentato davanti a lui. Invece delle domande che Lucien si era aspettato, lo aveva accolto con la cena ancora tiepida, un piatto di carne ed erbe aromatiche, e il silenzio li aveva accompagnati durante un'intera notte carica di disagio.

Al suo risveglio, la decisione era ormai stata presa.

«Sei guarito,» esordì, mentre lo squadrava una

volta finito di fare colazione.

Kairan non si mosse salvo che per puntargli addosso il proprio sguardo, ma la sua posa cambiò in modo appena percettibile. C'erano muscoli tesi sotto i vestiti, ora, e gli occhi rivelavano la durezza di chi non si era dimenticato di essere un guerriero.

«Sì.»

Lucien cercò di cancellare l'immagine del suo corpo sudato preda della febbre e costellato di ustioni fresche, fragile come non lo aveva mai visto, quindi annuì.

Andò a prendere la sacca, tirò fuori le due spade e gliele porse.

Un freddo sorriso prese forma sulle labbra di Kairan.

«Dunque è così.»

«Ti aspetto fuori.» Allacciò la propria spada alla cintura. «Se te la senti.»

Già sapeva che non avrebbe rifiutato la sfida.

Dovette attendere solo pochi minuti perché Kairan lo raggiungesse vestito di tutto punto, con un'arma per mano.

Gli rivolse un cenno con il capo quando gli arrivò di fronte, quindi attaccò all'improvviso, in uno scatto che quasi lo colse di sorpresa. Lucien fece appena in tempo a frapporre la lama tra la sua spada e il proprio viso, poi fu costretto ad abbassarla per parare un secondo attacco diretto al ventre, e un terzo, alla gola. Questa volta lo respinse con forza sufficiente a farlo arretrare. Poi fu il suo turno di costringere Kairan in difesa, in un susseguirsi di fendenti e affondi, fianco, torace, testa, che non trovarono il loro bersaglio ma solo l'aria, solo un'altra lama.

Fu sul punto di mettere un po' di reale forza dietro ai propri attacchi, quando Kairan deviò con una spada l'ultimo suo attacco e con l'altra gli penetrò nella giacca, tagliando il tessuto fino a baciargli la pelle.

«Trovo offensivo che tu ti trattenga dopo avermi sfidato.»

I suoi occhi erano due pozzi cupi. Gli occhi di un uomo pronto a lottare per uccidere, non di chi era ancora troppo malconcio.

Quando attaccò, Lucien questa volta non si risparmiò. Un attacco frontale con buona parte della propria forza, lì dove sapeva di avere il vantaggio su di lui. Le due spade incontrarono la sua lama solo per deviarla, quindi saettarono in alto nel tentativo di un contrattacco, ma lui non glielo permise. Le intercettò davanti al viso, clangore di metallo contro altro metallo, poi si esibì in un fendente che venne schivato, e un altro e un altro ancora, rapido, per quanto Kairan lo fosse di più.

Una finta alle gambe lo spinse ad abbassare la spada solo per trovarsi attaccato alla testa, allora si chinò per assecondare la propria parata, avanzò di un passo e usò quello slancio per tirargli una gomitata.

Sentì un gemito quando impattò contro il suo fianco, ma già Kairan lo stava incalzando ancora, una lama che gli passò a un paio di centimetri dal braccio, l'altra che venne intercettata a fatica dalla sua spada.

Lucien recuperò l'equilibrio, parò i due attacchi

successivi e incontrò il terzo a metà strada. Rimasero un istante impegnati in quel confronto, a fissarsi attraverso le due armi incrociate, poi si separarono come di comune accordo.

Cominciarono a girarsi attorno, i corpi tesi e Lucien che si concentrava come non aveva fatto in anni interi, ora che non c'era più la rabbia a prendere possesso della sua mente.

Era stato sufficiente quel primo scambio perché lo assalissero i ricordi: l'ultimo scontro in cui aveva lottato con la disperazione che gli mordeva il petto e gli allenamenti infiniti che avevano costellato la sua adolescenza. Un nuovo fendente, e un altro ancora, mentre l'acciaio cozzava contro altro acciaio senza sosta. Ogni suo attacco veniva deviato o parato, e poi toccava a lui chiudersi in difesa, per sostenere l'assalto di quelle due lame che nelle mani di Kairan risultavano lampi taglienti sempre più rapidi e letali.

Parò una duplice stoccata al petto e alla spalla, si spostò a lato e fece un affondo che venne subito deviato quel che bastava perché incontrasse l'aria anziché la carne del suo avversario.

Fu allora che la colse: un'esitazione in un movimento, una frazione di secondo in cui Kairan scopriva il fianco dove era stato pugnalato.

Parò il suo affondo diretto alle gambe, per poi ruotare su se stesso e costringerlo ad abbassarsi di scatto per evitare la sua lama, quindi si esibì nell'esatta replica dell'attacco precedente. Di nuovo vide il fianco scoperto, solo che questa volta era pronto. Affondò la lama dove sapeva che avrebbe trovato carne pulsante.

Un guizzo delle labbra lo mise in allarme appena prima dell'impatto, poi la sua spada incontrò uno scudo di ghiaccio, uno scontro che gli riverberò lungo tutto il braccio e lo sbilanciò.

Devo schivare. Recuperare l'equilibrio, ristabilire le mie difese.

Ma c'era già una spada pronta a conficcarsi nel suo fianco e lui era troppo lento. La fiammata sorse per puro istinto, tanto improvvisa che Kairan si ritrasse prima ancora di ferirlo. Rimase poi a studiarlo a due passi di distanza, con gli occhi ridotti a fessure.

Lucien intuì l'attacco prima ancora di vederlo, solo con la scia di freddo che lo raggiunse. Due pugnali di ghiaccio presero forma nell'aria e saettarono verso di lui. Alzò la spada per abbatterli, ma dovette poi ricorrere di nuovo all'Exous, perché Kairan era già su di lui, già pronto ad approfittare di quel diversivo per colpirlo. Di nuovo il fuoco lo protesse, di nuovo si separarono e si squadrarono, un istante di tregua prima di tornare a scontrarsi, in un duello che sembrava dovesse durare all'infinito senza un vincitore.

E cosa vincerebbe, comunque?

Lucien non era più sicuro di saperlo. Non era sicuro nemmeno che gli importasse, mentre si abbandonava a quel turbinio di colpi e parate, di scatti e potere. L'adrenalina lo riempiva di euforia, acuendogli i sensi e ricordando al suo corpo quale letale macchina di morte fosse diventata.

Fuoco e ghiaccio, incuranti che qualcuno potesse vederli, incuranti di poter distruggere ogni cosa.

E, in fondo, non era così che era sempre stato?

Una fiammata costrinse Kairan a una schivata repentina, ma il suo corpo continuò a danzare attorno a lui, un affondo, uno scatto a lato, un altro affondo, un fendente, e schegge gelide che volavano alla ricerca della sua pelle, in uno scambio di colpi infinito.

Poco a poco la fatica cominciò a rallentargli i movimenti, ma non era l'unico a sentirla.

Ogni scambio si faceva più serrato, con respiri affannosi che risuonavano quanto il cozzare dell'acciaio, e ogni volta le due lame passavano sempre più vicine al suo corpo, ogni volta la sua spada era sul punto di trafiggere Kairan.

Lo farei? Lo farebbe?

Raccolse le ultime energie per un assalto improvviso. Un arco di fuoco che lui evitò con una barriera di ghiaccio, ma era stato calcolato per guadagnare quella frazione di secondo in cui gli fu addosso. Spada che mulinava senza sosta, il suo braccio che si muoveva più rapido del pensiero, alla ricerca di un'apertura, mentre Kairan parava ogni fendente ma non poteva fare a meno di arretrare, un passo dopo l'altro.

La sua schiena arrivò a contatto con il muro della casa quando Lucien, con un ultimo fendente incontrò entrambe le sue spade. Una torsione del polso, e le due armi ricaddero al suolo.

È finita.

Posò la lama sul collo indifeso di Kairan nello stesso momento in cui un freddo tagliente gli si premette sulla gola.

Si bloccò così, pronto a rubare la vita al suo

avversario, pronto a vedersi ucciso, in un momento d'eternità in cui nessuno dei due aveva ancora vinto.

Kairan era ugualmente immobile, il petto che si alzava e si abbassava frenetico, il viso sudato, occhi in cui Lucien stava affondando che contenevano solo la propria immagine.

Aveva avuto bisogno di un confronto per trovare una risoluzione e la risposta era lì, davanti a lui, con le sembianze di Kairan, una lama di ghiaccio premuta contro la propria gola, la sua stessa spada pronta a colpire e quello stallo che gli torceva lo stomaco. *Assieme*. Qualunque cosa fosse successa, qualunque fosse il loro destino – il sangue, l'ultimo affondo, un bacio – lo avrebbero affrontato assieme.

Il pugnale di ghiaccio si sciolse quando Kairan ritirò la mano e lui abbassò la spada. Poi dita fredde si strinsero attorno al suo polso libero per attirarlo più vicino. Con il cuore in gola, si ritrovò a guardare Kairan che scopriva il collo – vulnerabile, come non si era mai mostrato con lui, forse con nessuno – e che gli portava la mano proprio lì, sulla gola.

FROSTBURN – VICINO AL CUORE

La circondò con le dita trattenendo il respiro, incredulo che gli fosse concesso tanto, proprio quando erano stati sul punto di ferirsi, forse di uccidersi sul serio. Il cuore che gli pulsava contro il palmo batteva a una rapidità spaventosa, ma gli occhi rimasero puntati nei suoi senza un'esitazione. Strinse appena e Kairan deglutì, immobile contro il muro. Con i polpastrelli che formicolavano per il bisogno di avere di più, risalì sul mento, poi sulla guancia, per concedersi la carezza che tentava tutto il suo essere.

E fu allora che Kairan chiuse gli occhi, che in un sospiro tutta la tensione parve abbandonarlo mentre si premeva contro il suo palmo, ancora così inerme e per sua scelta, non per una ferita. Così chiaramente suo.

Lucien si appropriò delle sue labbra con un ansito. Bocca e denti che divoravano, che ricercavano il suo sapore, mentre Kairan ricambiava con la stessa foga. Un tocco urgente si fece strada tra i suoi capelli, tirando, tenendolo vicino, e un braccio gli circondò la schiena, come se avesse avuto bisogno di incentivi per aderire del tutto al suo corpo, per coprirlo con il proprio e tentare di fondersi con la sua pelle. Lucien non si era nemmeno accorto di quando avesse lasciato cadere la spada.

Si staccarono con il respiro affannoso, ma le mani di Kairan erano già intente a frugare sotto i suoi vestiti e lui gli aveva già slacciato i pantaloni. Dita affusolate si strinsero attorno al suo uccello già duro, lo stuzzicarono fino a strappargli un gemito, per poi tornare ad attirarlo contro il corpo che aveva da sempre riempito le sue notti.

«Muoviti,» ansimò Kairan contro il suo collo in un soffio rovente.

Il suo cervello si inceppò al morso che seguì quelle parole.

Dei, lo desiderava tanto che gli girava la testa. Ma non c'era olio, lì fuori. Non lo aveva nemmeno preparato. Si staccò a malincuore dalla sua bocca, un gemito strozzato in gola.

«Non voglio farti male.» Una dichiarazione che sapeva di nostalgia.

Lo sguardo di Kairan gli accartocciò lo stomaco, perché la sorpresa che era balenata prima del sorriso gli diceva che si aspettava proprio quello, che lui gli facesse del male, e lo avrebbe accettato.

«Basta che fai piano,» fu il suo mormorio all'orecchio, accompagnato da un colpo di lingua sul lobo, ma ormai ogni pensiero di affondare in lui all'istante si dileguò.

Non poteva.

Si succhiò le dita per poi portargliele tra le natiche, la bocca che vagava sul suo collo, sul suo viso, alla ricerca dei suoi gemiti, e l'altra mano stretta alla treccia per tenerlo fermo.

Se nessuno si prendeva cura di Kairan, nemmeno Kairan stesso, allora avrebbe dovuto farlo lui.

Lo preparò sordo ai suoi gemiti e alle sue esortazioni, esattamente come ignorò la propria eccitazione. Tremando per il bisogno di affondare in lui, arrivò a tre dita prima di cedere. Lo liberò del tutto dai calzoni, quindi lo sollevò di peso e, con le labbra premute sulle sue che gli catturavano il respiro, si spinse in lui e il piacere lo avvolse.

Lo prese lì, contro il muro della casa, dove chiunque fosse passato avrebbe potuto vederli, ma non gli importava di nulla purché potessero rimanere così per sempre.

Capitolo 29

La resa.

La sua più grande paura, che una volta scelta gli aveva regalato solo sollievo. Le dita di Lucien sulla sua gola a suggellare una simile decisione. L'adrenalina mutata in piacere liquido, capace di farlo tremare mentre non poteva fare altro che accarezzare, baciare, bramare.

E Lucien che lo stringeva, che lo intrappolava tra il muro della casa e il suo torace, così caldo da bruciare. Così caldo che lui non avrebbe voluto lasciarlo a costo di essere ridotto in cenere.

Non avevano parlato molto dopo l'amplesso.

Il loro tempo era agli sgoccioli, Kairan lo sentiva scorrere a ogni respiro.

Era guarito a sufficienza da infrangere quella strana alleanza che li aveva portati fino a quella casa sperduta e la bolla in cui erano vissuti nelle ultime settimane era scoppiata quella mattina, lasciandolo con un'inquietudine crescente a mordergli il petto.

Fu al momento di andare a dormire che non si trattenne più, mentre già adagiato sul materasso contava i secondi che gli scivolavano tra le dita, troppo rapidi.

«Possiamo fingere che sia tutto come un tempo? Solo per stanotte.»

Lucien gli diede le spalle e uscì dalla camera

senza dire nulla.

«Immagino che fosse troppo da chiedere,» mormorò, più che altro rivolto a se stesso.

Era sul punto di girarsi verso la parete e coprirsi alla ricerca del calore che il lenzuolo non avrebbe potuto dargli, quando dei passi pesanti lo spinsero ad alzare lo sguardo.

Non più vestito di tutto punto, ma con addosso solo le mutande, Lucien si fermò accanto al suo letto.

«Fatti più in là.»

Si stese al suo fianco e subito il freddo si dileguò, dal materasso e dal suo petto. Rimasero a fissarsi nel buio, troppo vicini per non sentire sulla pelle il reciproco respiro, troppo lontani perché si sfiorassero.

Non seppe chi tra loro ricercò il primo bacio. Si erano avvicinati entrambi, un centimetro a ogni battito, fino a quando le loro labbra non si congiunsero nel più naturale dei contatti.

Appartenne a Lucien il primo ansito, però, così come la prima carezza. Kairan la accolse sulla propria guancia a occhi chiusi, le labbra sempre premute contro le sue, il cuore che accelerava e scandiva quel contatto con rintocchi fin troppo udibili nel buio.

Due, cinque, dieci.

E ancora non si staccarono, ancora le dita gli vagavano sul viso con una leggerezza molto diversa rispetto a quella mattina, ancora si ritrovò a ricambiare, con una mano immersa nelle ciocche rosse, sempre scarmigliate.

Avrebbe potuto trascorrere così la notte. Solo

loro due, impegnati a baciarsi fino a mischiare i loro sapori, ad accarezzarsi senza alcuna fretta, per un tempo infinito.

Poi i baci si fecero più insistenti, il poco dei vestiti che avevano addosso scivolò via nel buio e un uccello duro gli si premette contro la coscia, dandogli un'idea ben precisa delle intenzioni di Lucien.

Lui era ancora dolorante dalla scopata della mattina, ma non pensò nemmeno di rifiutarlo. Poteva essere l'ultima occasione di averlo per sé e forgiare nuovi ricordi con cui farsi compagnia una volta che lui se ne fosse andato. Kairan avrebbe assaporato ogni singolo istante.

Schiuse le labbra per accogliere la lingua di Lucien, mentre gli delineava una guancia con due dita, dal mento fino allo zigomo, e poi di nuovo verso il mento. Voleva imprimersi sulla retina e sui polpastrelli ogni suo tratto, ogni minimo particolare della sua persona.

Un morso leggero sul labbro inferiore gli strappò un gemito, poi Lucien si ritrasse. Gli baciò la mano, il palmo, il dorso, tanti contatti a labbra chiuse e accompagnati da un refolo caldo che gli diedero i brividi.

«Girati.»

Kairan lo assecondò subito e si mise sullo stomaco. Invece delle dita che cominciavano a prepararlo, come si aspettava, un respiro bollente gli accarezzò il collo.

«Ora voglio che resti fermo.»

Annuì, e subito ricevette un bacio. La sua lingua

gli leccò la nuca, poi scivolò più a lato per accarezzargli il collo, i denti che graffiarono appena la pelle nel preludio di un morso che non arrivò mai.

Fremette sotto quei contatti, e Lucien si spostò sulla schiena, labbra morbide a delineare un tragitto immaginario e dita che ne anticipavano il percorso, che esploravano ogni centimetro del suo corpo come se lo stessero scoprendo per la prima volta. Senza staccarsi da lui, portò l'altra mano a sciogliergli la treccia. Non appena i capelli ricaddero liberi sulle sue spalle, ci immerse le dita. Li accarezzò per tutta la loro lunghezza, una ciocca dopo l'altra, come se non fossero entrambi nudi, come se avessero tutto il tempo del mondo.

Kairan si stupì di avere un gemito che premeva per uscirgli dalle labbra solo per quello, ma simili carezze erano più intime di un morso che gli avrebbe lasciato una ferita. Più intime del sesso.

Quando Lucien riprese a stuzzicargli la schiena con le labbra, sempre mentre gli regalava quei tocchi troppo gentili capaci di bruciargli la pelle anche senza l'Exous, Kairan si rese conto di stare tremando.

«Lucien.»

Le labbra risalirono lungo tutta la colonna vertebrale fino a posarglisi sulla nuca.

«Dillo ancora.» Anche il suo respiro bruciava.

«Lucien. Continua.»

Non lo fece aspettare. Arrivò un bacio tra le scapole. Un altro più in basso. Un terzo al centro della schiena, mentre quelle mani segnate gli accarezzavano i fianchi, e il gemito gli varcò le labbra.

Si avvinghiò al cuscino, alla vana ricerca di uno sfogo.

Avrebbe voluto la sua rabbia che gli segnava la pelle, la violenza, un dolore di cui avrebbe portato gli strascichi anche una volta che Lucien fosse stato lontano; non quella gentilezza che lo faceva sentire prezioso e lo avrebbe mandato in pezzi con la propria assenza.

Gli si spezzò il respiro quando le mani scesero sulle natiche, ad accarezzarle e a stringerle sempre con quella cautela rara, per poi insinuarsi a stuzzicargli l'apertura.

Ce lo aveva duro.

Se ne rese conto con quel tocco, quando il piacere gli tolse tutta l'aria dai polmoni, a dispetto del nodo alla gola. Ce lo aveva così duro che poteva sentire una chiazza umida sul proprio ventre. Chiuse gli occhi, con il respiro che gli usciva a tratti e la testa che gli girava.

Scopami. Fammi male. Ti prego, continua.
Feriscimi.
Amami.

Lucien lo preparò con una lentezza insopportabile. Dita umide si fecero strada in lui senza alcuna fretta, facendo a brandelli ciò che rimaneva delle sue difese, mentre lo aprivano poco alla volta, in totale contrasto con l'ultima scopata.

Kairan aprì la bocca per protestare e incalzarlo solo per ritrovarsi a gemere, e quello parve prolungare i preliminari, perché quel tocco insistette a colpirgli il nodo di nervi capace di farlo impazzire.

«Lucien,» lo chiamò, tremando in tutto il corpo.

Stava scivolando via, precipitando in un abisso in cui l'unica percezione tangibile era quel fisico muscoloso sopra il proprio, quel tocco che lo ancorava alla realtà.

Un'ultima spinta prima che le dita scomparissero.

«Non ti lascio.»

Kairan avrebbe dato qualunque cosa perché quelle tre parole fossero una promessa. Girò la testa e vide la sua sagoma stagliarsi nella penombra, il corpo forte di un guerriero, seduto sui talloni, intento a massaggiarsi l'uccello con una mano bagnata della sua stessa saliva.

Era bello. Era tutto ciò che aveva voluto, e perfino nel buio poteva sentire i suoi occhi scarlatti puntati su di sé.

Una mano si posò sulla sua, dita che si intrecciavano, mentre Lucien lo faceva tornare appoggiato al materasso senza usare la forza.

Entrò in lui con una cura che gli mozzò il respiro.

Lo sentì aderire con il bacino alle sue natiche, poi Lucien si ritrasse con la stessa calma, e Kairan nascose il viso contro il cuscino per soffocare un gemito che avrebbe rivelato la propria disperazione.

Lucien sembrava volerlo uccidere, con quei movimenti troppo lenti, con quel tocco in punta di dita sui fianchi, determinato a fargli sentire ogni cosa. Si spinse ancora in lui prima di chinarsi sul suo viso, le labbra premute contro la cicatrice sulla guancia mentre lo copriva con tutto il corpo.

«Dimmi che sei mio.»

Kairan strinse le palpebre. Aveva lottato contro se stesso così tanto per negare quella verità, per impedirsi anche solo di prenderla in considerazione, che una volta preda della propria solitudine si era reso conto di quanto fosse stato folle, quanto avesse perso per mentirsi.

«Lo sono.» Strinse il cuscino con entrambe le mani, la voce roca e non solo per l'eccitazione, perché gli occhi gli bruciavano, così come la pelle, così come il cuore. «Lo sono sempre stato.»

Lucien gemette, e si mosse di nuovo mentre scendeva a mordergli la spalla.

«Sempre.»

Kairan aveva cominciato a tremare, ma le mani di Lucien rimasero gentili sui suoi fianchi, ad accarezzare, a tenerlo fermo in una presa indolore, a delineargli le ustioni ormai ridotte a cicatrici con la punta delle dita.

E lui non riusciva più a respirare. Ogni contatto gli acuiva il bisogno di avere di più, il corpo era un ammasso di carne ardente, nervi esposti, pelle che bramava il suo tocco.

«Ti prego,» gli sfuggì, senza che fosse sicuro del motivo per cui lo stava supplicando.

Ma Lucien parve saperlo, perché senza smettere di affondare in lui infilò una mano sotto il suo ventre e gli prese l'uccello, facendolo singhiozzare piano per il piacere e per la sensazione così vivida di essere in sua balia.

Non voglio essere da nessun'altra parte, con nessun altro.

Contrasse i muscoli mentre quelle dita ruvide lo avvicinavano all'orgasmo con una gentilezza nuova. Un tocco appena percettibile, che era troppo poco e troppo allo stesso tempo, gli affondi lenti che gli risvegliavano scintille lungo tutta la schiena, la bocca umida premuta ora sul suo collo, ora sulla spalla, ora sulla guancia, con lo stesso ansito che gli usciva dalle labbra.

«Kairan.»

Il suo nome, pronunciato in un respiro rovente all'orecchio, che non conteneva odio, solo la stessa cura con cui Lucien lo stava accarezzando e facendo suo. Strinse gli occhi, sconvolto di scoprirli umidi, poi una nuova spinta lenta come le precedenti lo portò all'orgasmo.

Il piacere gli rubò il respiro per la sua intensità, non un incendio ma una marea che sommergeva ogni cosa mentre si impossessava dei suoi nervi. Una bocca rovente gli si posò sulla guancia, ci fu un'altra spinta, così a fondo che lo fece gemere, e poi venne anche Lucien.

Kairan ricadde sullo stomaco, ansimante, con un ronzio a invadergli la testa e la spaventosa consapevolezza che nulla lo avrebbe mai ferito quanto perdere tutto ciò. Quasi protestò quando lo sentì scivolare via, ma subito lui gli si stese a fianco, abbastanza vicino da sfiorarlo.

Si guardarono nel buio, con i respiri che si intrecciavano e le braci di piacere ancora presenti nei nervi, in un lungo momento sospeso d'eternità. Poi Lucien gli diede un bacio a labbra chiuse, e a Kairan parve che qualcosa gli esplodesse nel petto. Una lama che gli si rigirava nel torace avrebbe fatto meno male.

Ne voglio ancora.
Lo vorrò sempre.

All'improvviso non fu più capace di sostenere il suo sguardo, nemmeno tra le ombre della notte. Si girò di scatto, con il petto pesante perché già sentiva la mancanza del suo corpo, ma Lucien fece scorrere una mano sul suo fianco fino a posarla sul ventre e lo strinse a sé.

Torace bollente contro la sua schiena. Un respiro regolare a calmare il suo cuore. L'odore di Lucien sulla pelle, il suo sapore tra le labbra, un corpo modellato attorno al proprio come se lo volesse proteggere dal mondo.

Con il sole ogni cosa sarebbe svanita, ma mentre lottava per superare il nodo alla gola, Kairan si permise di aggrapparsi al braccio che gli circondava la vita e di fingere che sarebbe durato per sempre.

***

Si svegliò con un respiro caldo che gli solleticava il collo.

Lucien, fu il primo pensiero, che quasi gli tese le labbra in un sorriso.

Poi, *casa.*

Rimase a crogiolarsi in quella sensazione, mentre riviveva quello sconvolgente amplesso della sera prima. Era abituato al sesso che portava con sé un piacere bruciante, che scavava solchi sulla pelle e lo lasciava indolenzito, con lividi, unghiate o semplicemente quei piacevoli strascichi che si sarebbero protratti per qualche giorno.

Non a tocchi che lo spogliavano della pelle per insinuarsi dentro di lui, sotto tutte le sue difese. A baci che lo marchiavano pur senza i denti, a carezze che lo trattavano come qualcosa di prezioso.

Rinchiuso nell'abbraccio di Lucien, gli sembrava di non avere più difese che lo tenessero integro e che fosse solo quel contatto a impedirgli di cadere a pezzi. Non ci avrebbe rinunciato nemmeno a costo della vita.

Fu solo dopo interi minuti, quando il corpo contro la sua schiena si mosse, che comprese di non poter prolungare oltre quella parentesi di pace. Si ritrasse prima che fosse Lucien a rifiutarlo, alzandosi a sedere, nudo come non si era mai sentito.

Lucien gli era penetrato nella mente e già sapeva che non se ne sarebbe mai andato. Una risata si infranse contro le sue labbra serrate.

Di che ti sorprendi?

Gli era penetrato nella mente molto tempo prima, e lui non se n'era nemmeno accorto. Ciò che era successo la notte precedente era solo la normale prosecuzione di una debolezza mai curata.

«Tutto bene?»

Il petto gli si contrasse a quella domanda. Fino alla fine, Lucien si preoccupava per lui malgrado tutto.

«Certo.» Si rimise in piedi per dimostrarglielo, per poi usare un catino e una pezza per darsi una ripulita. Dopo ore, le tracce del sesso non erano più così piacevoli da avere sulla pelle. Eppure in parte avrebbe desiderato non liberarsene mai, per portare qualcosa di Lucien sempre con sé. Il suo odore, il suo piacere, la saliva dei baci più umidi. Il morso sulla spalla gli pizzicava e ci passò le dita come per riviverlo una seconda volta.

Non parlarono molto mentre si rivestivano e facevano colazione. I saluti imminenti avevano steso su di loro una cappa pesante, impossibile da ignorare.

«Penso che sia giunto il momento di partire,» commentò alla fine Lucien, pronunciando esattamente le parole che temeva.

Le labbra faticarono a produrre il sorriso che avrebbe voluto mostrare.

«Lo penso anch'io.» Finì di allacciarsi gli stivali, quindi gli rivolse un'occhiata di sottecchi. «Tornerai al tuo clan?»

«Non ho un clan.»

Aggrottò la fronte.

«Pensavo...» ribatté, ricordando lo scambio di quando erano nel Rifugio, prima di ammutolirsi.

Tutti mentono per non sentirsi vulnerabili.

Lucien si allacciò in vita la cintura, quindi infilò la spada nel fodero con un suono secco.

«Ho svolto dei lavori per una gilda di mercenari, ma non è il mio clan. Mi hanno mandato a morire a palazzo, devono sperare che io non voglia tornare da loro, perché non lo farei in pace.»

Un'ondata più calda aveva accompagnato quelle parole. Kairan trattenne l'impulso di chiudere gli occhi per assaporarne la carezza sulla pelle.

«E tu? Pensi ancora agli Albericht?» lo incalzò Lucien.

«Dopo che Zarek mi ha incastrato in quel modo?» Rise senza allegria. «L'unica cosa a cui penso è a come il Reggente lo avrà giustiziato.» Avevano sentito le voci. Un attacco massiccio dei soldati imperiali nello *slum*, la cattura del capo degli Albericht e dei suoi uomini più fidati, un'esecuzione lenta e in grande stile. *Bene*, era stato il suo unico pensiero al riguardo.

«Quindi non tornerai da loro?»

«No.»

Nemmeno per infierire su ciò che doveva essere rimasto del clan. Quella era una parte del proprio passato a cui voleva voltare le spalle in modo definitivo.

«E cosa farai?»

«Non lo so. Tu?»

Lucien scrollò le spalle.

«Andrò alla ricerca di qualche lavoro. C'è sempre richiesta per guardie del corpo o soldati privati. Qualcosa troverò.» Occhi cremisi ricercarono i suoi e rimasero a trafiggerlo, come in attesa.

Kairan trattenne il respiro, prima di scardinare un'altra delle proprie difese, dopo la richiesta della notte prima. Gli fece male, perché la sua pelle portava ancora i baci di Lucien, le sue carezze, come tante piccole crepe che si propagavano sulla sua persona. Ma sarebbe stato più doloroso restare in silenzio. «Vuoi compagnia?»

«No.»

Avrebbe dovuto aspettarselo, ma bruciò comunque. Un gelo molto più intenso rispetto a quello familiare e rassicurante dell'Exous.

«Voglio te,» proseguì Lucien, come se stesse pronunciando una sfida.

Per un attimo Kairan fu certo di avere sentito male. Con un martellare forsennato nel petto, deglutì il sollievo che minacciava di arrochirgli la voce, alla ricerca di un sorriso ironico per mascherare le proprie emozioni.

«Mi stai dicendo che non sarei di compagnia?»

Uno sbuffo.

«Sei molesto. A volte un vero stronzo. E non sai mai quando è il momento di tacere.»

«E vuoi lo stesso che ti accompagni?»

Lucien non gli lasciò finire la frase, perché gli aggredì la bocca con la propria.

In un attimo ci furono braccia attorno alla sua schiena, mani salde che lo ancoravano a un corpo compatto, e lingua e denti che lo esploravano, che gli strappavano il respiro dai polmoni per sostituirlo con una fiammata.

Un bacio che era come una dichiarazione.

Mentre lo ricambiava con un mugolio, Kairan ci mise un po' a capire che quella sensazione ribollente nel suo torace, a metà tra la febbre e la versione più dolce del dolore, era felicità.

MARY DURANTE

Capitolo 30

«Hai mai pensato che tutte le storie di grandi gesta e di grandi amori siano solo delle stronzate?»

Tipico di Kairan uscirsene con commenti in apparenza insensati quando stavano facendo tutt'altro. Lucien alzò lo sguardo dalla lenza, per incontrare quel pigro sorriso che non mancava mai di suscitargli una fastidiosa stretta allo stomaco. Ne coprì gli effetti con uno sbuffo.

Kairan aveva smesso di pescare già da una mezz'ora, forse dieci minuti dopo aver cominciato, ed era rimasto steso sull'erba a lanciare in aria una moneta e a incoraggiarlo con parole più o meno ironiche, mentre lui a fatica riusciva a catturare una carpa che non sarebbe stata sufficiente nemmeno come spuntino.

Cercò di non lasciar vagare lo sguardo sulla striscia di pelle bronzea appena al di sopra dei calzoni, lasciata scoperta da una camicia abbottonata solo per metà. Invece indirizzò l'attenzione sul suo viso e sugli occhi aperti a fessura, puntati su di lui come in attesa.

«Perché lo dici?» chiese quando gli fu evidente che Kairan volesse una replica.

Subito lui si alzò a sedere, passandosi la moneta di dito in dito con un'agilità invidiabile.

«Pensaci. Ogni racconto famoso si conclude con l'eroe che uccide il nemico, o salva il regno, o con i due amanti separati che si riuniscono.» Un rapido passaggio della moneta tra indice, medio, anulare, mignolo, e poi ritorno. Avrebbe potuto essere ipnotico, se Lucien non fosse stato tentato ancora di più dagli scorci del suo corpo. «Così chi li ascolta è contento perché sembra che tutto finisca bene. Ma nessuno racconta del dopo. Di quando l'eroe deve fare i conti con ciò che ha perso, o viene messo a morte dal re che teme la sua fama, o quando l'idillio romantico dei due amanti viene incrinato dal tempo, dalla gelosia, dalle insicurezze. Non mostrano le difficoltà di andare avanti, fanno apparire ogni cosa perfetta.» La sua voce si velò di un'emozione strana, simile all'amarezza. «Dicono che basti l'amore. Che bastino la convinzione o l'eroismo. Ma non è vero.»

Lucien aggrottò la fronte.

«Mi stai dicendo che sei geloso di questi racconti?»

Un ultimo passaggio e la moneta scomparve all'interno del suo pugno.

«No. È solo che non rivelano mai quanto sia difficile.»

Lucien stava giusto per pensare a cosa rispondergli, quando uno strattone alla canna da pesca quasi gliela fece cadere dalle mani. Si stabilizzò sulle gambe, mentre lottava contro il pesce che aveva abboccato, sentendolo tirare con fin troppa forza. Un piede gli scivolò in avanti di qualche centimetro, poi anche l'altro, e tutta la sua concentrazione si puntò sul bisogno di mantenere salda la presa e portare il pesce a riva.

«Ancora un passo e finisci in acqua,» commentò

Kairan a un soffio dal suo collo.

Gli sfuggì un brivido. Non lo aveva nemmeno sentito avvicinarsi e ora era fin troppo consapevole sia di quanto poco bastasse perché quelle labbra gli sfiorassero la pelle, sia di una posizione così precaria. Il tono divertito mise in allarme ogni suo senso.

«Non pensarci nemmeno,» lo minacciò.

Se gli fosse arrivata una spinta, era già pronto a mollare la canna da pesca, afferrare quel bastardo e trascinarlo in acqua con sé.

Kairan scoppiò a ridere, e a dispetto del timore di finire nel fiume Lucien si ritrovò con un nodo alla gola di tutt'altro genere. Gli era mancato così tanto quel suono. Da quando si erano riuniti, lo aveva sentito solo in un paio di occasioni, ma ogni volta era una piccola vittoria.

Forse Kairan si accorse della sua tensione, che non aveva nulla a che fare con la lotta contro il pesce, o forse si era stupito lui stesso della risata, perché questa si spense l'istante successivo. Ma l'eco rimase a trasportarli in un altro tempo, con quel tocco di nostalgia e un'unica, piacevole consapevolezza: avrebbero potuto avere tutto, solo in un modo diverso. In un certo senso lo avevano già.

Alla fine, Kairan lo aiutò a portare il pesce a riva, nessuno si fece un bagno inaspettato e impiegarono il resto della mattina a cucinare, sistemare la casa e preparare un ricco pranzo.

***

Era trascorso un mese e mezzo dal giorno della sua risoluzione, durante quello scontro che si era concluso con una scopata contro il muro e l'ammissione a se stesso che non sarebbe mai riuscito a uccidere Kairan. Che piuttosto sarebbe morto con lui. Da allora avevano vissuto alla giornata, spostandosi ogni sette o dieci giorni per non risvegliare sospetti e allontanandosi man mano dal palazzo del Reggente.

Per la prima volta, Lucien non aveva un clan di cui far parte o un gruppo di mercenari da cui prendere le missioni. Aveva solo un compagno e non sentiva la mancanza di nulla.

Raggiunsero la casa dove abitavano camminando fianco a fianco, abbastanza vicini da sfiorarsi.

Erano lì da un paio di settimane, ormai. Quell'abitazione fin troppo ampia per loro due era la casa di campagna di un signorotto locale. L'avevano affittata pagandola più del dovuto, ma i soldi non erano più un problema dal loro secondo spostamento, grazie all'abilità di Kairan di barare a carte. L'unica regola era mai ripulire gli abitanti appena arrivavano, ma solo prima di partire, in modo da evitare ogni rischio.

Così ora avevano una casa a due piani, un fiume dove pescare e qualche soldo per comprare del cibo o quello di cui avevano bisogno.

La gente del villaggio vicino li considerava due uomini strani, seppur innocui. Era Kairan che il più delle volte andava ad acquistare rifornimenti, usando la parlata facile e la sua facciata amichevole per guadagnare simpatie. Non dovendo nascondere il colore degli occhi, non era costretto ad aspettare il calare del sole per le proprie visite.

Quello era il quinto villaggio in cui si fermavano.

Una volta si erano fatti passare di nuovo come fratelli, un'altra volta come un nobile e la sua guardia del corpo. Kairan aveva assunto il proprio ruolo con uno snobismo impeccabile, e Lucien era pronto a giurare che si fosse divertito a comandarlo a bacchetta davanti agli uomini e alle donne del villaggio. Ma era stato lui a prendere il controllo la sera, sul letto dell'unica locanda. Era stato lui a tenere Kairan bloccato contro il materasso, a coprirgli la bocca con una mano per soffocare i suoi gemiti mentre lo scopava, a segnare la sua pelle, attento a evitare i punti dove si vedevano le ustioni ancora fresche. Era stato lui a tenerlo stretto mentre scivolavano entrambi nel sonno, Kairan con la testa sulla sua spalla e i capelli sciolti che gli ricadevano sul petto come una rivendicazione.

Sono tuo, avrebbe voluto dirgli, se solo ci fosse stato meno dolore dietro a quella dichiarazione. *E tu sei mio. Lo siamo sempre stati.*

Un'altra volta, a qualche chilometro dall'insediamento più vicino, si erano quasi fatti scoprire. Due soldati in licenza li avevano incrociati proprio quando stavano tornando per unirsi all'esercito. A lui e a Kairan era stata sufficiente un'occhiata per riconoscere il loro sospetto e un altro muto sguardo per muoversi. Li avevano uccisi prima ancora che potessero urlare e dare l'allarme, quindi avevano gettato i loro corpi nel fiume, con le armature ancora indosso in modo che li portassero sul fondo e non venissero trovati, o almeno non in tempi brevi.

Avevano cominciato ad abituarsi a quella situazione di fuggiaschi, vivendola come l'ennesima avventura.

La ricerca del Reggente proseguiva senza alcun esito, coprendo distanze sempre maggiori, ma loro erano sempre un passo avanti, ormai abbastanza lontani da potersi ritenere quasi al sicuro. Perfino il padrone di Teyan non poteva controllarla tutta nello stesso giorno.

Aveva sentito le voci che correvano sull'intera faccenda. Si diceva che il Reggente avesse fatto arrabbiare uno spirito, che fosse impazzito, che l'emissario dei Nove in persona avesse punito la sua persecuzione verso i Portatori, disseminando di cadaveri il bosco vicino al suo palazzo e uccidendo chiunque fosse così incauto da entrarci.

Quando ne aveva parlato con Kairan, lui era scoppiato a ridere.

«È sempre bello vedere che la gente comune preferisce temere creature di fantasia anziché esseri umani fatti di carne e sangue.»

«Meglio per noi. Più si sviluppano quelle storie, meno ci daranno la caccia.»

E la caccia continuava, ma era ancora abbastanza distante da non preoccuparlo.

Invece si impegnava per ricostruire. Si impegnavano entrambi, a creare qualcosa, a lasciare i ricordi rinchiusi dove non avrebbero potuto ferirli. A volte ci riuscivano. Altre le ombre del passato si facevano più vicine, senza mai oscurare del tutto il loro presente, ma rimanendo comunque una presenza tangibile, che sapeva di vecchi rimpianti e malinconia. Giornate come quella.

«Il discorso di oggi sul lago,» commentò Lucien una volta scesa la notte, mentre giacevano nello stesso letto. «Perché?»

Kairan si girò nel suo abbraccio così da incrociare il suo sguardo. Erano entrambi nudi, con l'odore del sesso sulla pelle.

«Stanotte ho sognato com'eravamo un tempo,» gli disse, e quel mormorio risuonava di malinconia. «Se fosse stata una storia dei menestrelli, io non avrei mai tradito i Ravik. Invece ti avrei raccontato tutto, tu mi avresti perdonato, e adesso saremmo i sovrani dello *slum*.»

Le dita gli fremevano per il desiderio di accarezzargli i capelli, ma non poteva, non finché c'erano tra loro quelle parole pesanti di rimpianto e vecchio odio.

«La vita non è una storia,» si limitò a dire.

«No.»

Per un po' restarono in silenzio. Quando Kairan tornò a fissarlo, nei suoi occhi c'erano le stesse ombre dei primi tempi, quando si guardavano come nemici.

«Come puoi volermi?»

Lucien comprese subito che non si riferiva al sesso.

«Avrei voluto dimenticarmi di te,» ammise, dopo aver cercato le parole. «Continuare a odiarti, o dimenticare ciò che hai significato per me. Ciò che avresti potuto ancora significare. Ma non ci sono riuscito.» Nel sentirlo rigido lo strinse un po' di più, per poi affondare il viso nel suo collo, a respirare l'inverno. «E non voglio più. Sei Kairan. Sei mio.»

Con un leggero sospiro, lui gli si premette contro e tornò a rilassarsi.

Lucien rimaneva sempre meravigliato nel sentire quanto poco bastasse per sciogliere i nodi di tensione nel suo corpo.

Un tempo non avrebbe mai creduto di dover essere lui a rassicurarlo. In parte si sentiva ridicolo, perché Kairan era tornato il solito bastardo dalla risata pronta e dalla lingua tagliente che sembrava non temere nulla o nessuno; ma c'era una vulnerabilità nuova a mostrarsi quando meno se lo aspettava.

Un'esitazione prima della solita battuta ironica, qualche occhiata di sottecchi che Lucien fingeva di non notare. Il modo in cui si stringeva a lui la notte e in cui il suo sguardo lo ricercava se si svegliava per ultimo, con un'angoscia dolorosa che solo quando lo metteva a fuoco si scioglieva nel sollievo.

Lentamente gli prese la mano sinistra, alla ricerca della cicatrice circolare. Quando la trovò, se la portò alla bocca per un bacio. Capì subito dal brusco suono con cui gli si spezzò il respiro che stava ricordando anche lui.

«Te la sei fatta per salvarmi la vita,» gli disse, senza dar adito ad alcun dubbio.

Le labbra di Kairan ebbero un guizzo, anche se lo sentiva tremare tra le sue braccia.

«Buffo, il mio corpo si era mosso quasi da solo.»
«Non mi volevi morto.»

Occhi azzurri incontrarono i suoi, cristallini come forse non erano mai stati.

«No. Mai.»

«Credo nemmeno io. Non davvero.»

Se lo avesse voluto morto, lo avrebbe bruciato e sarebbe morto con lui quella notte di sei anni prima. Gli avrebbe spezzato l'osso del collo nel palazzo del Reggente. Avrebbe affondato la lama nella sua gola anziché ricercare la sua bocca, nell'ultima volta in cui si erano scontrati armi in pugno.

Era stato cieco di fronte alla verità così a lungo.

Kairan era sempre stato il suo mondo, da quando si era abituato ad averlo accanto. Lo aveva odiato per il suo tradimento, ma non aveva mai smesso di amarlo. Probabilmente non avrebbe smesso mai.

Il ricordo della notte in cui aveva perso i Ravik ancora bruciava tra i pensieri, ma non aveva perso tutto, come aveva creduto. La fiducia poteva solo riconquistarsi, un giorno alla volta, un bacio dopo l'altro.

Amava Kairan, era quello l'importante.

E anche Kairan amava lui. A modo suo, con quel sorriso sarcastico, i problemi di chi era cresciuto senza una famiglia e la tendenza a mostrare le proprie emozioni con atteggiamenti idioti e improntati all'autodistruzione.

Lo strinse contro il proprio petto, assaporando la sensazione dei suoi capelli sciolti che gli accarezzavano la pelle, del respiro leggero contro il collo, di quel corpo letale che diventava docile e vulnerabile solo con lui.

Lucien era pronto a bruciare il mondo per tenerlo con sé. Magari era ancora quel ragazzo stupido e innamorato, e si stava preparando a essere ingannato di nuovo; ma era disposto a rischiare, per Kairan. Non aveva dubbi che ne sarebbe valsa la pena.

Epilogo

Gli spruzzi d'acqua salata gli bagnarono il viso, strappandogli una smorfia.

Si passò il dorso della mano sulla guancia, mentre il cuore accelerava ancora e il movimento ondulatorio dell'imbarcazione gli peggiorava la morsa allo stomaco.

La nave su cui erano saliti non aveva ancora mollato gli ormeggi; forse era ancora in tempo per abbandonare quella follia e tornare sulla terraferma.

Si guardò attorno, prima di allontanare quel pensiero vigliacco e tornare con il mento alto e la schiena dritta, sforzandosi di concentrarsi solo sulla presenza al proprio fianco.

Ricercati com'erano dal Reggente, non avrebbero potuto fuggire per sempre, senza mettere radici da nessuna parte. Avevano bisogno di un posto dove fermarsi e poter iniziare da zero. Dove costruire qualcosa.

Quella di pagare un passaggio per andarsene dal continente di Teyan era stata una sua idea, ricordando il vecchio desiderio di Lucien, ma non riusciva a rilassarsi. Non aveva mai attraversato il Mare Eterno, né sapeva cosa ci avrebbe trovato, e al pensiero di affrontare l'ignoto gli si risvegliavano tutti i campanelli di allarme sviluppati quando era solo un randagio.

Come richiamato dai suoi pensieri, Lucien si

avvicinò fino a sfiorargli il braccio con il proprio.

«Qualcosa non va?»

Sul suo viso, l'eccitazione superava di gran lunga il turbamento.

«Non sappiamo cosa troveremo in quelle terre.»

«Hai sentito i marinai che ci sono già stati.»

Kairan trattenne a stento uno sbuffo. Terre abitabili, con popoli simili a loro, diverse culture e qualche animale esotico, ma nulla di preoccupante, ecco cosa raccontavano quei due lupi di mare con in corpo più vino che sincerità. Aveva carpito ogni singola informazione ugualmente, nel tentativo di distinguere le menzogne da ciò che gli sarebbe servito per tenere al sicuro Lucien.

«E tu hai sentito cosa dicono gli altri, quelli che non vogliono andarci.»

Gli rispose solo un mezzo sorriso.

A dispetto del nervosismo, fu il sollievo a invaderlo quando la nave si staccò dal molo.

Stavano partendo, solo lui e Lucien. Fianco a fianco malgrado tutto, proprio come avevano cominciato un tempo. Gli sembrava di poter mantenere una promessa dopo averla creduta infranta interi anni prima.

Si avvicinò alla balaustra, l'attenzione puntata sull'acqua che si espandeva verso l'orizzonte, placida, come un segno del destino.

Un nuovo inizio, ed era così raro per quelli come lui avere una seconda possibilità che quasi gli sfuggì un sorriso, mentre uno sconosciuto senso di pace gli si allargava nel petto.

Lucien lo raggiunse dopo un attimo.

«Allora, queste terribili voci?»

«C'è chi dice che ci siano giganti che si nutrono di esseri umani. Che tutti abbiano l'Exous. Che ci siano solo deserti. Che sia un'unica distesa di natura incontaminata e velenosa,» snocciolò, con una vaga ironia rivolta a se stesso. In effetti, a pronunciarle così di fila, sembravano più storielle per spaventare i bambini.

Lucien ricercò le sue dita.

«Ha importanza, finché siamo assieme?»

Gli strinse la mano, sentendo il suo calore propagarglisi lungo tutto il braccio, fino al torace, fino a dove quel muscolo batteva, ricordandogli che anche un figlio di nessuno traditore e spietato aveva un cuore.

«No.»

MARY DURANTE

Altri standalone:

Il mio splendido migliore amico

Capitano della squadra di football, ragazzo più popolare dell'università nonché single molto ambito dalla popolazione femminile, Jace Lakelord sembra avere una vita perfetta.
Almeno fino a quando i suoi genitori non lo invitano a casa per le vacanze di primavera, intenzionati a incastrarlo con la figlia dei loro amici altolocati.
L'unica soluzione per evitare un simile appuntamento al buio in odor di matrimonio? Farsi accompagnare da Rhys, il suo introverso migliore amico nerd, presentarlo come il proprio fidanzato e godersi le caotiche conseguenze.

Rhys Kenneth non ha la minima intenzione di mettersi con Jace. Tanto per cominciare, Jace è etero, poi sarebbe un disastro di fidanzato e, soprattutto, è il suo più prezioso nonché unico amico. Il fatto che Rhys sia segretamente innamorato di lui da quando avevano sedici anni è un dettaglio del tutto ininfluente, che non metterà a repentaglio il loro rapporto.

Per questo accetta a cuor leggero quando Jace gli chiede di interpretare il suo fidanzato per una settimana.
In fondo è solo una finzione innocente. Giusto?

https://www.amazon.it/gp/product/B09Q9843GR/

Un morso è per sempre

Chi non vorrebbe trovarsi sulla porta di casa uno sconosciuto con l'aspetto di un modello e un sorriso da svenimento?

Simon, diciannove anni di sfiga continua, scarsi successi nelle relazioni e un discutibile amore per le pantofole pelose, pagherebbe per avere una simile opportunità.

Quando il sexy e misterioso Victor appare nella sua vita, gli sembra un insperato colpo di fortuna, ma presto si rende conto che è solo l'ennesimo scherzo del destino.

Perché Victor è un vampiro, più che il suo corpo desidera il suo sangue e, particolare ancora peggiore, Simon ha la terribile sensazione che potrebbe davvero innamorarsi di lui.

https://www.amazon.it/gp/product/B08X1MN1C3

Tabula rasa

Tabula rasa.
È così che Tyler sente la propria mente quando si sveglia, confuso e dolorante, in una stanza sconosciuta. Ricorda solo il suo nome e pochi sprazzi di un passato carico di abusi, che hanno segnato la sua pelle e la sua psiche.
Nella casa in mezzo al nulla dove comincia il suo nuovo presente, ogni giornata diventa presto uno sforzo per la sopravvivenza.
C'è la mente che non risponde al suo volere. Ci sono gli incubi che lo aggrediscono, strascichi di un tempo in cui veniva trattato come uno schiavo da tormentare e deridere.
E poi c'è Butch, l'uomo che ha trovato accanto a sé al proprio risveglio. Dice di averlo strappato ai suoi vecchi aguzzini, sembra prendersi cura di lui, ma al contempo rimane un minaccioso carceriere che lo possiede e ha le chiavi della sua nuova prigione.
Se davvero non vuole fargli del male, per quale motivo non gli permette di uscire? E perché oscilla tra la figura di un salvatore e quella di un carnefice di cui avere paura?
Tra momenti di terrore e inaspettate parentesi di gentilezza da parte di quel gigante taciturno, Tyler deve cercare la verità sul proprio passato, per poter ricostruire se stesso.

ATTENZIONE: Il romanzo contiene scene che potrebbero urtare la sensibilità del lettore, si consiglia la lettura a un pubblico adulto e consapevole. Accenni di abusi e traumi passati. I personaggi sono comunque tutti maggiorenni.

https://www.amazon.it/gp/product/B0848MRNWX/

Ringraziamenti

Grazie di cuore a Sara. Hai visto nascere questo libro capitolo dopo capitolo, l'hai vissuto con me e, se non fossi stata al mio fianco, non credo sarei mai riuscita a portarlo a termine in questo modo. Non solo lo hai curato da un punto di vista professionale, ma mi hai ravvivato l'entusiasmo e l'ispirazione quando ne avevo più bisogno.

Grazie mille a Laura, per l'aiuto, i vocali di mezz'ora, per come mi hai fatto mettere in discussione e mi hai permesso di migliorare una storia a cui tengo tantissimo. I confronti con te sono come sempre preziosi.

Un altro grandissimo grazie a Vale, perché è anche merito (o causa?) tua se sono tornata a giocare a Genshin e se quindi sono arrivata a produrre questa storia. Malgrado la tua vita super impegnata trovi sempre del tempo per me e questo è il regalo più grande che potessi farmi.

Grazie ad Ambra. Oltre al tuo inaspettato apprezzamento per Kairan, che ammetto mi ha fatto un sacco piacere, le tue tavole sono sempre delle splendide aggiunte e rispecchiano alla perfezione le scene che ho immaginato.

Grazie a Nakia per il betaggio in extremis e per l'onnipresente supporto, anche quando scrivo storie che non rientrano nelle tue corde.

Grazie a Raffaella per il fangherlamento, l'amore per

Kairan e l'entusiasmo.
Grazie a Cecilia. Il tuo occhio attento e il tuo supporto sono sempre estremamente preziosi.
Grazie ad Angelice. Amo immensamente questa tua cover e trovo che rispecchi appieno il mio libro.
Grazie a Giulia. Vivere la stesura con i tuoi commenti e il tuo entusiasmo è stato bellissimo. Sono contenta che tu faccia parte anche di questo aspetto della mia vita.
Grazie a Melinda, per i messaggi notturni e per un parere di pancia quando ne avevo più bisogno.
Grazie a Emma e a Sonja per gli aiuti estemporanei.
Grazie a Veronica per esserci.
Grazie a voi blogger, come sempre mi date un supporto estremamente prezioso e siete sempre disponibili. Per una self come me, il vostro è un aiuto inestimabile.
Grazie a chi partecipa al mio gruppo per i commenti, il supporto, gli scleri, le chiacchiere. Grazie che ci siete e mi fate sentire il vostro calore, che è uno degli aiuti più importanti quando la scrittura mi fa impazzire.
Grazie a chi mi ha consigliato e sostenuto, a chi segue la mia pagina, a chi mi segue e mi supporta in qualsiasi modo.
E, ultimo ringraziamento ma non meno importante, grazie a voi lettorə che siete arrivatə fino a qui. Se volete lasciare una traccia del vostro passaggio ve ne sarei grata. E spero davvero che *FrostBurn* vi sia piaciuto!

Se volete contattarmi per qualunque motivo, pormi

qualche domanda o anche solo scambiare quattro chiacchiere, vi aspetto più che volentieri su Facebook, sulla mia pagina:

https://www.facebook.com/MaryDuranteAutrice/

o nel mio gruppo:

https://www.facebook.com/groups/marysreaders/

MARY DURANTE

Biografia

Mary Durante vive nella terra dei waffle e della cioccolata, per ora solo assieme al compagno, ma brama il momento in cui potrà trasferirsi in uno spazio più grande e riprendere la sua attitudine da gattara con la sua amata Bubastis, la sua gattina fuseggiatrice folle nonché prima editor, che è stata momentaneamente parcheggiata presso la genitrice.

Grande amante della lettura e in particolare delle storie M/M, è da tempo un'assidua frequentatrice dei siti di scrittura amatoriale. Dopo svariati anni in cui si è dedicata alla stesura di storie e fanfiction con il nick di Bluemary, e dopo qualche mese di esperienza come traduttrice, si è decisa a scrivere lei stessa un primo libro, divenuto poi il punto di partenza per le idee poco caste e per quei casi umani di protagonisti che ormai le affollano la testa.

Pagina Amazon:
https://www.amazon.it/l/B07H23Y84R

PUBBLICAZIONI MM

Con Quixote Edizioni:

Serie Shadows
(serie conclusa)
Come ombre nella notte (Shadows #1)
Come un brivido nel buio (Shadows #1.5)
Come un marchio sulla pelle (Shadows #2)
Sulle orme dei poeti (Shadows #3)
Oltre gli echi del dolore (Shadows #4)
Alle porte del domani (Shadows #5)

Standalone
Scambio culturale

*

In self:

Serie Second Chances
(serie conclusa)
Dietro una porta chiusa (Second Chances #1)
Oltre l'orizzonte (Second Chances #2)

Serie Fallen Alphas
(serie conclusa)
Nelle sue mani (Fallen Alphas #1)
Al suo fianco (Fallen Alphas #2)
Tra le sue braccia (Fallen Alphas #3)

Standalone
Tabula rasa
Un morso è per sempre
Il mio splendido migliore amico

Serie The Gambling Series
(scritta a quattro mani con V.B. Morgan)
Solo un gioco (The Gambling Series #1)

Printed in Great Britain
by Amazon